국어과 선생님이 뽑은

가전체 소설 · 패관문학 모음

★북·앤·북

국어과 선생님이 뽑은 가전체 소설·패관문학 모음

공방전·국순전·국선생전 外

초판 1쇄 | 2013년 9월 15일 발행
초판 3쇄 | 2019년 1월 15일 발행

지은이 | 이규보 외
엮은이 | dskimp2000@naver.com
교정 | 이정민
디자인 | 인지숙
일러스트 | 이혜인
펴낸이 | 이경자
펴낸곳 | 북앤북

주소 | 경기도 고양시 일산동구 산두로 128, 909동 202호
전화 | 031-902-9948
팩시밀리 | 031-903-4315
등록 | 제 313-2008-000016호

ISBN 978-89-89994-79-4 44810
      978-89-89994-91-6 (세트)

국립중앙도서관 출판시도서목록(CIP)

공방전·국순전·국선생전 外 : 국어과 선생님이 뽑은 가
전체 소설·패관문학 모음 / 지은이: 이규보 외 ; 엮은이:
dskimp2000@naver.com. -- 서울 : 북앤북, 2013
    p. ;   cm. -- (국어과 선생님이 뽑은 문학읽기 ; 33
)

ISBN 978-89-89994-79-4 44810 : ₩8500
ISBN 978-89-89994-91-6(세트) 44810

가전체 소설[假傳體小說]
패관 문학[稗官文學]

813.4-KDC5   CIP2013017307

잘못된 책은 구입하신 서점에서 바꾸어 드립니다.

국어과 선생님이 뽑은

공방전 국순전 국선생전을

에게 드립니다

차례

가전체(假傳體)

패관문학(稗官文學)

국어과 선생님이 뽑은

공방전 · 국순전 · 국선생전 外

가전체(假傳體)

가전이란 어떤 사물을 역사적 인물처럼 의인화하여
그 가계(家系)와 생애 및 개인적 성품,
공과(功過)를 기록하는 전기(傳記) 형식의 글을 말한다.
실전(實傳)이라 하지 않고 가전이라고 한 것은
'가(假)'가 허구적 성격을 내포하고 있기 때문이다.
고려 중기 이후 설화를 수집, 정리, 창작하는 과정에서
의인체의 가전이 출현하게 된다. 이러한 가전체의 문학의 발달은
무신정권이후에 등장한 사대부들의 의식과 밀접한 관련을 가지고 있다.
개관적 관념론자인 그들이 사물에 대한 관심과
인간 생활을 합리적으로 구성하려는 정신을 표현 하였다.

공방전

임춘

공방전

　　고려 인종 때 문인 임춘(林椿)이 지은 가전체 소설로 엽전을 의 인화했으며 한문으로 되어 있다. 임춘의 유고집 《서하선생집》과 《동문선》에 실려 있다.

　　주인공인 '공방'은 네모난 구멍이 뚫린 엽전을 형용한 것이다. 그러면서 전체의 서술은 역사 기록의 열전을 본떴다. 그러나 열 전은 실제로 있었던 인물의 실제 사실을 기록한 것인데 반해, 이 이야기는 꾸며낸 것이므로 가전이라고 한다. 따라서 이 작품은 허구 소설로 나아가서는 문학사의 한 단계를 보여준다는 점에 초 점을 맞추어 이해 · 감상하는 것이 바람직하다.

공방은 엽전의 둥근 모양에서 공(孔)을, 구멍의 모난 모양에서 방(方)을 따서 붙인 이름이다. 공방의 조상은 수양산에 숨어 살다가 황제 때 처음 채용되었다. 천(泉)은 주나라의 재상으로 나라의 세금을 담당했다. 공방은 그 생김이 밖은 둥글고 안은 모나며, 때에 따라서 일을 융통성 있게 잘 처리하여 한나라의 홍로경이 되었다. 그러나 욕심 많고 재물을 중하게 여기고 곡식을 천하게 여기는 공방은 백성들에게 농사를 버리고 장사에 매달리게 했다. 또 사람을 대할 때도 덕망이나 어짐을 보지 않고 재물만 많이 가지고 있으면 가까이했다. 그가 중한 직책을 맡아보는 사이 조정을 망치고 백성을 해쳐 나라가 어려움에 빠지자 공우란 신하가 상서를 올려 공방은 결국 쫓겨나게 된다. 이후 공방이 죽고 그를 따르던 무리들이 남아 당나라, 송나라 때에 다시 채용되었으나 배척을 받는다.

임춘 (林椿)

고려 의종·명종 때 문인·학자이며, 자는 기지(耆之), 호는 서하(西河)이다. 예천 임씨의 시조이기도 하며, 고려 건국 공신의 후예로 일찍부터 유교적 교양과 문학으로 입신할 것을 표방하였으나 과거에 여러 번 낙방하였다. 1170년(의종 24) 정중부의 난으로 공음전 등의 재산을 빼앗기고 피신한 뒤 이인로·오세재를 비롯한 죽림고회(竹林高會)의 벗들과 시와 술을 즐기며 현실에 대한 불만과 탄식, 포부를 문학을 통하여 피력하기도 했다. 주요 작품으로 가전체 소설 《국순전》, 《공방전》과 장편시 〈장검행〉 등이 있고, 문집으로는 이인로가 엮은 유고집 《서하선생집》이 있다.

핵심정리

갈래 : 가전체

연대 : 고려 중엽

구성 : 풍자적

제재 : 엽전(돈)

주제 : 재물에 대한 탐욕을 비판

출전 : 서하선생집

 공방전

공방의 자는 관지다. 공방이란 구멍이 모나게 뚫린 돈, 관지는 돈의 꿰미(구멍뚫린 물건을 꿰어 매는 노끈)를 뜻한다. 그의 조상은 일찍이 수양산 속에 숨어 살면서 아직 한 번도 세상에 나와서 쓰인 일이 없었다.

그는 황제 시절에 조정에 쓰였으나 워낙 성질이 굳세어 원래 세상일에는 그다지 세련되지 못했다.

 어느 날 황제가 상공을 불러 그를 보였다. 상공이 한참 들여다보더니 말했다.

"이는 산과 들의 성질을 가져서 쓸만한 것이 못됩니다. 그러하오나 폐하께서 만일 만물을 조화하는 풀무나 망치를 써서 그 때를 긁어 빛을 낸다면,

본래의 바탕이 차차 드러날 것입니다. 원래 왕자란 모든 사람으로 하여금 올바른 그릇이 되게 해야 하는 것입니다. 원하옵건대 폐하께서는 이 사람을 저 쓸모없는 구리쇠와 함께 내버리지 마시옵소서."

이리하여 차츰 공방의 이름이 세상에 드러나게 되었다.

그 뒤에 한때 난리를 피하여 강가에 있는 숯 굽는 마을로 옮겨져 거기에서 오래 살게 되었다. 그의 아버지 천(술을 달리 이르는 말)은 주나라의 대재로서 나라의 세금에 관한 일을 맡아 처리하고 있었다.

공방의 생김새는 밖이 둥글고 구멍이 모나게 뚫려 있다. 그는 때에 따라서 융통성 있게 일을 잘 처리한다. 한번은 한 나라의 벼슬을 지내 홍려경(외국에 대한 사무, 즉 조종에 대한 일과 흉의, 사묘의 일 등을 맡는 홍려시의 장관)이 되었다. 그때 오, 왕, 비가 분수를 모르고 나라의 권세를 제 마음대로 누렸다. 방은 여기에 붙어서 많은 이익을 보았다. 무제 때에는 온 천하의 경제가 말이 아니었다. 나라 안의 창고가 온통 비어 있었다. 임금은

이를 보고 몹시 걱정했다. 방을 불러 벼슬을 주고 부민 후로 삼아 그의 무리인 염, 철, 승, 근과 함께 조정에 있게 했다. 이때 근은 방한테 항상 형이라 하고 이름을 부르지 않았다.

방은 욕심이 많고 비루하며 염치가 없었다. 그런 사람이 이제 재물을 맡아서 처리하게 되었다. 그는 돈의 원금과 이자의 경중을 다는 법을 좋아하여, 나라를 편안하게 하는 것은 질그릇이나 쇠그릇을 만드는 생산 방법뿐만 아니라 다른 것에도 있다고 생각했다. 그는 백성을 상대로 한 푼 한 리의 이익 때문에 다투는 한편 모든 물건의 값을 낮추어 곡식을 몹시 천하게 생각하게 했고 다른 재물을 중하게 여기도록 해서, 백성들이 자기들의 본업인 농업을 버리고 사농공상의 맨 끝인 장사에 종사하게 함으로써 농사짓는 것을 방해했다.

이것을 본 간관(諫官, 조선 시대에 사간원과 사헌부에 속해서 임금의 잘못을 고치도록 하고 백관의 비행을 규탄하는 벼슬아치)들은 상소를 올려 잘못이라고 지적했다. 하지만 임금은 이 말을 듣지 않았다. 방은 또 권세 있

고 귀한 사람을 몹시 재치 있게 잘 섬겼다. 그들의 집에 자주 드나들면서 자기도 권세를 부리고 한편으로는 그들을 등에 업고 벼슬을 팔아, 승진시키고 갈아 치우는 것마저도 모두 방의 손에 달려 있었다. 이렇게 되니 한다하는 공경들까지도 모두 절개를 지키지 못하고 섬기게 되었다. 그의 창고에는 곡식이 쌓이고 뇌물을 수없이 받아서 적은 뇌물 목록 문서와 증서가 산처럼 쌓여 그 수를 헤아릴 수 없었다.

그는 모든 사람을 상대하는 데 있어 잘나거나 못난 것에 관계치 않았다. 아무리 시정에 있는 사람이라도 재물만 많이 가졌다면 모두 사귀었다. 때로는 거리에 돌아다니는 나쁜 소년들과도 어울려 노름도 했다. 이것을 보고 당시 사람들은 이렇게 말했다.

"공방의 한마디 말이 황금 백 근만 못하지 않다."

원제가 왕위에 오르자 공우(한나라 낭야 사람. 자는 소옹. 원제 때 벼슬이 간의대부, 광록대부에 올랐고 뒤에 어사대부가 됨)가 글을 올려 말했다.

"공방이 어려운 직책을 오랫동안 맡아보는 사이, 그는 농사가 국가의 근본임을 알지 못하고 오직 장사꾼들의 이익만을 옹호해 주어서, 나라를 좀먹고 백성을 해쳐서 나라나 백성 할 것 없이 모두 곤궁에 빠지게 되었습니다. 게다가 뇌물이 성행하고 청탁하는 일이 버젓이 행해지고 있습니다. 〈주역〉에 '짐을 지고 또 타게 되면 도둑이 온다'는 말이 있습니다. 청컨대 그를 파면시켜, 욕심 많고 비루한 자들을 모조리 징계하시옵소서."

그때 정권을 잡은 자 중에는 곡 량의 학문(주나라 때 곡량전이 〈춘추 곡량전〉을 지었다. 여기서 말한 곡 량의 학문이란 〈춘추 곡량전〉을 뜻함)을 쌓아 정계에 진출한 자가 있었다. 그는 군자를 맡은 장군으로 변방을 막는 방책을 세우려 했다. 이에 방이 하는 일을 미워하는 자들이 그를 위해서 조언했다. 마침내 임금이 이들의 말을 들

어서 방은 조정에서 쫓겨났다.

그가 문인들에게 말했다.

"내가 일찍이 폐하를 만나 뵙고, 나 혼자서 온 천하의 정치를 도맡아 보았었다. 그리하여 장차 국가의 경제가 넉넉하고 백성들의 재물을 풍족하게 하려고 애썼다. 그런데 이제 억울한 누명을 쓰고 내쫓기고 말았구나. 하지만 조종에 나아가 쓰이거나 쫓겨나 버림받는 것이 내게는 아무런 손해도 되지 않는구나. 다행히 나의 목숨이 조금이라도 남아 있어 용납된다. 이제 나는 부평과 같은 행색으로 곧장 강회에 있는 별장으로 돌아가련다. 시냇물에 낚싯대를 드리우고 고기를 낚아 술을 마시며, 때로는 바다 위의 장사꾼들과 함께 배를 타고 떠돌면서 남은 일생을 마치면 그만이다. 제아무리 천종의 녹이나 다섯 솥의 많은 음식인들 내 어찌 조금이나 부러워해서 이것과 바꾸겠느냐. 하지만 내 심술이 오래되면 다시 발작할 것만 같다."

순욱과 함께 수레를 타고 조정에 들어갈 때 지나치게 뽐내어 혼자서 자리를 차지했다는 고사란 사람이 있었

다. 그는 공방과 사귀어 수만 냥의 재산을 모았다. 화교는 공방을 몹시 좋아해 한 가지 버릇을 이루고 말았다. 이것을 본 노포는 글을 지어 화교를 비난하고, 그릇된 풍속을 바로잡기에 애썼다.

그들 중에서 오직 완적만은 성품이 활달해서 속물을 좋아하지 않았다. 그런데도 방의 무리와 어울려 술집에 다니면서 취하도록 마시곤 했다. 왕이보는 입으로 방의 이름을 부르는 일이 한 번도 없었다. 방을 가리켜 말할 때에는 그저 '그것'이라고 했다. 공방은 이렇게 사람들에게 천대를 받았다.

당나라 세상이 되었다. 유안이 탁지 판관이 되었다. 재산을 관리하는 벼슬이다. 당시 국가의 재산은 넉넉지 못했다. 그는 다시 임금에게 아뢰어 방을 이용해서 국가의 재물을 여유 있게 하려고 했다. 그가 임금에게 아뢴 말

은 식하지(정사의 지류 항목으로, 경제에 대한 일을 기록한 것. 〈전한서〉, 〈진서〉, 〈위서〉등 여러 곳에 나옴)에 실려 있다.

그러나 그때 방은 죽은 지 이미 오래였다. 다만 그의 제자들이 사방에 흩어져 살고 있었다. 국가에서 이들을 불러 방 대신 쓰게 되었다. 이리하여 방의 술책이 개원, 천보(모두 당나라 현종의 연호로서 서기 731~755년 사이) 사이에 크게 쓰였고, 심지어는 국가에서 조서를 내려 방에게 조의대부 소부승을 추증(나라에 공로가 있는 벼슬아치가 죽은 뒤 품계를 높여 주던 일)하기까지 했다.

남송 신종조 때에는 왕안석(송나라 정치가이자 학자, 호는 반산. 신종 때 정승이 되어 새로 신법을 행하고 부국강병책을 썼음)이 정사를 맡아 다스렸다. 이때 여혜경도 불러서 함께 일을 돕게 했다. 이들이 청묘법(송나라 신종 때 왕안석이 만든 법. 모든 고을의 상평창과 광혜창에 있는 돈과 곡식을 백성들에게 빌려 주었다가 추수 후에 받아들이는 것으로, 그해에 흉년이 들면 다음 해로 연기해 주어, 풍년이 든 후에 반납시킨다. 그 목적은 창고의 재물을 축내지 않고 가난한 백성들을 구제하고 부자들의 고리 폐단을 막는 데 있음)을 처음 썼는데 이때 온 천하가 시끄러워 아주 못살게 되었다.

소식이 이것을 보고 그 폐단을 혹독하게 비난하여 그들을 모조리 배척하려 했다. 그러나 소식은 도리어 그들의 모함에 빠져서 귀양을 가게 되었다. 이후 조정의 모든 선비들은 감히 그들을 비난하지 못했다.

사마광이 정승으로 들어가자 그 법을 폐지하자고 아뢰고, 소식을 천거하여 높은 자리에 앉혔다. 그 후 방의 무리는 차츰 세력이 꺾여 다시 강성하지 못했다.

방의 아들 윤은 몹시 경박하여 세상 사람들의 욕을 혼자서 먹는 판이었다. 그 뒤에 수형령이 되었으니 죄가 드러나서 마침내 사형을 받고 말았다.

사신이 말했다.

남의 신하가 된 몸으로서 두 마음을 품고 큰 이익만 좇는 자를 어찌 충성된 사람이라고 하랴. 방은 올바른 법과 좋은 주인을 만나서 정신을 집중시켜 자기를 알렸으므로 나라의 은혜를 적지 않게 입었다. 그러면 마땅히 국가를 위하여 이익을 일으켜 주고 해를 덜어 주어서 임금의 은혜로운 대우에 보답했어야 했다. 그런데도 비를 도와서 나라의 권세를 독차지하고 심지어 당까지 만들었으니, 이는 '충신은 경계 밖의 사귐이 없어야 한다'는 말에 어긋나는 것이다.

　방이 죽자 그 남은 무리는 다시 남송에 쓰였다. 그들은 정권을 잡은 권신들에게 붙어서 충신을 모함했다. 비록 길고 짧은 이치는 저명한 가운데 있는 것이지만, 만일 원제가 일찍부터 공우가 한 말을 받아들여서 이들을 모두 없애 버렸다면 이 같은 후환은 없었을 것이다. 그런데 단지 이들을 억제하기만 해서 마침내 후세에 폐단을 남기고 말았다. 그러니 실행보다 말이 앞서는 자는 언제나 미덥지 못한 것을 걱정하지 않을 수가 없다.

국순전

임춘

국순전

작품 정리

　고려 무신 집정 때 문인 임춘이 술을 의인화하여 지은 가전 작품이다. 작자는 이 작품을 통해서 인생과 술의 관계를 문제 삼고 있다. 인간이 술을 좋아하게 된 것과 때로는 술 때문에 타락한 모습을 풍자하고 있다. 이 작품은 인간과 술의 관계를 통해서 임금과 신하의 관계를 조명해 본 것이다. 당시 국정의 문란과 병폐, 특히 벼슬아치들의 발호와 타락상을 증언하고 고발하려는 의도로 표현된 작품이다. 이 작품은 모리배들의 득세로, 뛰어난 인물들이 오히려 소외당하는 현실을 풍자, 비판하는 내용을 담고 있다. 그리고 같은 술을 제재로 '술'을 의인화한 이규보의 《국선생전》에 큰 영향을 주었다.

국순의 조상은 농서 사람으로 90대 할아버지 모(牟-보리)가 순임금 시대에 후직이라는 현인을 도와 백성을 먹여 살리고 즐겁게 해준 공로가 있었다. 모는 처음부터 벼슬하지 않고 '나는 반드시 밭을 갈아 먹으리라' 하며 밭에서 살았다. 임금은 그에게 옹구에 제사를 지내게 하고 그의 공을 인정해 중산후를 봉하고, 국씨(麴氏)라 하였다.

위나라 초년이 되었을 때 국순의 아버지 주(酎-소주)가 세상에 이름이 알려지자 상서랑 서막과 서로 친해져서 주의 말이 사람들 입에서 떠나지 않았다. 국순의 기국과 도량은 크고 깊어 출렁거리고 넘실거림이 마치 만경창파의 물과 같아 맑게 해도 더 맑지 않고, 흔들어도 흐려지지 않았으며, 그 풍미는 한 세상을 뒤엎어 자못 사람에게 기운을 더해 주기도 했다. 마침내 권세를 얻게 된 순은 나라의 중대사를 맡아 처리하였다. 어느 날 임금이 그에게서 술냄새가 난다 하여 싫어하게 되자 관을 벗고 집으로 돌아와 병들어 죽는다.

 국순전

국순의 자는 자후다. 국순이란 '누룩 술'이란 뜻이요, 자후는 글자대로 '흐뭇하다'는 말이다. 그 조상은 농서 사람으로 90대 할아버지 모(牟, 모맥. 보리의 일종으로 우리말로는 밀이라고 하는데, 이것으로 술의 원료인 누룩을 만듦)가 순 임금 시대에 농사에 대한 행정을 맡았던 후직이라는 현인을 도와서 모든 백성을 먹여 살리고 즐겁게 해 준 공로가 있었다.

보리는 사람이 먹는 식량이 되고 있다. 그러니까 보리의 먼 후손이 누룩 술이 되었다는 이야기다. 옛날 옛적부터 인간을 먹여 살린 공로를 〈시경〉에서는 이렇게 노래했다.

"내게 그 보리를 물려주었도다."

모는 처음부터 벼슬을 하지 않고 농토 속에 묻혀 살면서 말했다.

"나는 반드시 농사를 지어야 먹으리라."

이러한 모에게 자손이 있다는 말을 들은 임금은, 조서를 내려 수레를 보내어 그를 불렀다. 그가 사는 근처의 고을에 명을 내려, 그의 집에 예물을 보내도록 했다. 그리고 임금은 신하에게 명하여 몸소 그의 집에 가서 신분이 귀하고 천한 것을 잊고 친분을 맺어서 세속 사람과 사귀게 했다. 그리하여 점점 상대방을 변화시켜 가까워지게 되었다. 이에 모는 기뻐하여 말했다.

"내 일을 이루어 주는 것은 친구라 하더니 그 말이 과연 옳구나."

그 후로 차츰 그가 맑고 덕이 있다는 소문이 퍼져 임금의 귀에까지 들리게 되었다. 임금은 그에게 정문(旌門, 충신·효자·열녀들을 표창하기 위하여 그 집에 세우던 붉은 문)을 내려 표창했다. 그리고 임금을 좇아 옹구에 제사를 지내게 하고, 그의 공로를 인정해 중산후를 봉하고, 식읍(食邑, 왕족 공신에게 준 일정한 지역)을 하사하

고 국씨라 하였다.

그의 5대 손은 성왕을 도와서 조정을 지키는 것을 자기의 책임으로 여겨 태평스레 술에 취해 사는 좋은 세상을 이루었다. 그러나 강왕이 왕위에 오르면서부터 점점 대접이 시원찮아지더니 마침내는 금고형을 내리고 심지어 나라의 명령으로 꼼짝 못하게 했다. 그래서 후세에 와서는 뚜렷이 드러나는 자가 없이 모두 민간에 숨어 지낼 뿐이었다.

위나라 초년이 되자 순(醇)의 아비 주(酎, 소주)의 이름이 세상에 알려지기 시작했다. 그는 곧 상서랑 서막과 알게 되었다. 서막은 조종에 나아가서까지 주의 말을 하여 언제나 그의 말이 입에서 떠나지 않았다.

어느 날 임금에게 아뢰는 자가 있었다.

"서막이 국주와 친하게 지내는 것 같습니다. 만약 이것을 그대로 두었다가는 장차 조정을 어지럽힐 것이옵니다."

이 말을 듣고 임금은 서막을 불러 그 내용을 물었다.

서막은 머리를 조아리면서 사과했다.

"신이 국주와 친하게 지내는 것은 그에게 성인의 덕이 있기에 때때로 그 덕을 마셨을 뿐이옵니다."

임금은 서막을 못마땅하게 여겨 내보냈다.

진나라 세상이 되자 주는 세상이 장차 어지러워지리라는 것을 미리 알았다. 그는 항상 유령, 완적(진나라 때 죽림칠현에 속한 사람들. 죽림칠현은 당시 세상을 외면하고 술을 마시며 소위 청담을 일삼았다. 그중에서도 유령은 특히 술을 좋아함)의 무리들과 죽림 속에서 놀다가 세상을 마쳤다.

주는 도량이 넓고 깊어 마치 끝없는 만경의 바다 물결과도 같았다. 억지로 맑게 하려고 해도 더 맑아지지도 않고, 일부러 휘저어도 더 흐려지지도 않았다. 그 풍미는 한 세상을 뒤덮어 자못 그 기운을 사람에게 빌려 주기도 했다.

어느 날 섭법사와 종일토록 함께 담론한 일이 있었다. 이때 자리에 모인 사람들은 그의 말을 듣고 모두 허리를 잡았다. 이로부터 그의 이름이 세상에 알려지기 시작했고 그를 국처사라고 불렀다. 이리하여 위로는 공경대부와 신선, 방사(신선의 술법을 닦는 사람 또는 도사)로부터 아래로는 남의 집 머슴, 나무꾼, 오랑캐나 외국 사람들까지 그의 향기나 이름만 들어도 모두 부러워하고 사모했다.

이들은 여럿이 모였다가도 국처사가 오지 않으면 모두 쓸쓸한 표정으로 입을 모아 말하곤 했다.

"국처사가 없으니 자리가 즐겁지 않군."

그가 당시 사람들에게 소중히 여겨진 것은 대개 이러했다.

태위 산도(진 나라 때 죽림칠현의 한 사람)는 감식이 있는 사람이었다. 어느 날 그를 보고 말했다.

"어느 놈의 늙은 할미가 이런 영악한 아이를 낳았단 말인가. 그러나 세상 사람들을 그르칠 사람은 반드시 이 사람일 것이다."

관청에서 그를 불러 청주 종사로 삼았다. 그러나 격의 위에 있는 것이 마땅한 벼슬자리가 아니라고 해서 다시 바꾸어 평원 독우를 시켰다. 그러나 얼마 되지 않아서 그가 탄식하며 말했다.

"내가 이까짓 쌀 닷 말 때문에 남 앞에 허리를 굽힌단 말이냐. 차라리 마을에 있는 아이들과 함께 이야기하면서 노는 게 낫겠다."

그는 이렇게 말하고 벼슬을 내놓고 돌아갔다. 이때 관상을 잘 보는 사람 하나가 말했다.

"그대는 붉은 기운이 얼굴에 떠오르고 있으니 뒤에 가서는 반드시 귀하게 되어 천명의 녹을 받게 될 것이오. 잠시 있으면 누군가가 비싼 값을 내고 데려갈 것이니 그때를 기다리시오."

진의 후주(後酒, 물을 타지 않은 진한 술을 떠내고 재강에 다시 물을 부어 떠낸 술) 시대가 되자 양가의 아들로 인해 주객원외랑이 되었다. 임금은 그의 도량이 큰 것을 알아보고 장차 크게 쓸 생각이 있었다. 이미 쇠로 만든 사발로 덮어 거른 후 벼슬을 높이 올려 공록대부 예빈랑으로 삼고 작을 올려 공으로 삼았다.

이후 임금과 신하가 회의를 할 때에는 반드시 순을 시

커 잔을 채우게 했다. 순의 그 행동하고 수작하는 것이 임금과 신하들의 뜻에 잘 맞았다.

임금은 그를 몹시 칭찬하며 말했다.

"경이야말로 곧고 맑은 사람이다. 내 마음을 열어 주고 일깨워 주는도다."

순은 권세를 얻어 마음대로 일하게 되었다. 어진 사람을 사귀고 손님을 접대하는 것, 늙은이를 받들어 술과 고기를 주는 일, 귀신과 종묘에 제사를 지내는 일은 모두 순이 맡아서 했다. 임금이 밤에 잔치를 벌일 때에도 오직 순과 궁인만이 곁에서 모실 수 있었고, 그 밖의 사람은 아무리 가까운 신하라도 옆에 가지 못했다.

임금은 날마다 몹시 취해서 정사를 전폐하게 되었다. 순은 임금의 입에 마치 재갈을 물리듯이 해서 아무런 말도 못하게 했다. 이렇게 되고 보니 예법을 아는 선비들은 순을 마치 원수처럼 미워하게 되었다. 하지만 임금은 항상 순을 보호해 주었다. 그런데 순은 재산 모으는 것을 몹시 좋아했다. 그래서 당시 여론은 그를 더욱 비루하게 여겼다.

어느 날 임금이 물었다.

"경은 무슨 버릇이 있는가?"

"옛날에 두예는 〈좌전〉을 좋아하는 벽이 있었고, 왕제
는 말 타는 벽이 있었습니다."

이 말을 듣고 임금은 한 번 크게 웃고는 더욱 그를 돌
봐주었다.

어느 날 순이 임금 앞에 나아가게 되었다. 본래 순의
입에서는 냄새가 났다. 임금이 이것을 싫어해서 그에게
말했다.

"이제 경은 이미 늙어서 내 앞에서 일을 하지 못하겠
는가?"

순은 말을 알아듣고 관을 벗고 사죄했다.

"신이 작을 받고도 사양하지 않으면 끝내는 몸을 망칠
염려가 있사옵니다. 바라옵건대 신을 사제에 돌아가게
해 주시면, 신은 그것으로 제 분수를 알겠나이다."

임금은 좌우 신하들에게 명하여 순을 집으로 돌려보
냈다. 그러나 집에 돌아온 순은 갑자기 병이 들어 죽고
말았다.

순에게는 아들이 없었다. 그에게는 족제 청이 있는데 당나라에서 벼슬하여 내공봉까지 지냈다. 이로부터 그의 자손이 중국에 퍼지게 되었다.

사신이 말했다.

국씨는 그 조상이 백성에게 공이 있었고, 청렴결백한 것을 그 자손에게 물려주었다. 그것은 마치 창이 주에 있는 것과 같아서 향기로운 덕이 황천에까지 미쳤으니, 가히 그 할아비의 풍도가 있다 하겠다. 순은 들고 다니는 병에 지나지 않는 지혜를 가지고 독을 묻은 들창에서 일어나, 일찍이 쇠로 만든 뚜껑을 덮는 금구에 선발되었다. 그리하여 술 단지와 음식 만드는 도마 사이에 서서 담소하면서도 끝내 옳은 것을 받아들이고 그른 것을 물리치지 못해서, 왕실이 어지러워 엎어지는데도 이를 붙들지 못해 결국 세상 사람들의 웃음거리가 되었으니, 옛날 거원(巨源, 죽림칠현의 한 사람인 산도)의 말이 믿을 만하도다.

국선생전

이규보

국선생전

이 작품은 안으로는 무신의 반란과 밖으로는 몽고군의 침입에 희생된 고려 의종 · 고종 연간의 난국에 처하여 분수를 망각한 인간성의 결함과 비정을 풍자한 계세징인을 목적으로 쓰여진 가전이다.

고려 시대의 문인 이규보가 지은 것으로, 술을 의인화한 국성을 위국충절의 대표적 인물로 등장시켜 분수를 모르는 인간성의 비정을 풍자한 작품이다. 이 작품에서 작자는 주인공인 국성을 신하의 입장으로 설정하여, 유생의 삶이란 신하로서 왕을 섬기고 이상적인 나라를 다스리는 치국의 이상을 바르게 실현하는 데 있다는 입장을 드러내고 있다. 국성은 일시적인 시련을 견딜 줄 아는 덕과 충성심이 지극한 긍정적인 인물로 서술되고 있다. 그리고 같은 술을 소재로 하면서도 아첨을 일삼는 정계나 방탕한 군주를 풍자한 《국순전》과는 대조를 이루는 작품이다.

국성(술)은 주천 사람으로 그의 조상은 원래 농사를 짓고 살았다. 아버지 차는 어머니 사농경 곡씨와 혼인해 성을 낳았다. 성은 총명하고 뜻이 커서 당시 도잠·유영과 사귀었고 임금의 총애를 받아 벼슬도 높아졌다. 그의 아들 삼형제가 아버지의 권세를 믿고 방자히 굴다가 모 영(붓)의 탄핵을 받아, 아들들은 자결하고 국성은 탈직되어 서민으로 떨어진다. 후에 다시 기용되어 도둑을 토벌하는 데 공을 세우고, 은퇴하여 고향에 돌아가 폭병으로 죽는다.

이규보 (李奎報 1168~1241)

고려시대 문신·문장가이며 초명은 인저, 자는 춘경(春卿), 호는 백운거사(白雲居士)·백운산인(白雲山人)·지헌(止軒)이다. 말년에 시·거문고·술을 좋아하여 삼혹호선생이라고도 불렸다. 1189년(명종 19) 사마시에 합격하고, 이듬해 예부시에서 동진사로 급제하였다. 그러나 곧 관직에 나가지 못하여 빈궁한 생활을 하면서 왕정에서의 부패와 무능, 관리들의 방탕함과 백성들의 피폐함 등에 자극받아 《동명왕편》, 《개원천보영사시》를 지었다. 1213년(강종 2) 40여 운(韻)의 시 〈공작(孔雀)〉을 쓰고 사재승(司宰丞)이 되었다. 우정언 지제고로서 참관(參官)을 거쳐 1217년(고종 4) 우사간에 이르렀다. 1230년 위도(蝟島)에 귀양 갔다가 다시 기용되어 1233년 집현전대학사, 1234년 정당문학을 지내고 태자소부·참지정사 등을 거쳐 1237년 문하시랑평장사(門下侍郞平章事)에 이르렀다. 경전·사기·선교·잡설 등 여러 학문을 섭렵하였고, 개성이 강한 시의 경지를 개척하였으며, 말년에는 불교에 귀의하였다. 저서로 《동국이상국집》, 《백운소설》등이 있고, 가전체 작품 《국선생전》이 있다.

핵심정리

갈래: 가전체

연대: 고려 중엽

구성: 전기적

제재: 누룩(술)

주제: 위국충절과 군자의 올바른 처신을 강조

출전: 동국이상국집

🍎 국선생전

국성의 자는 중지(中之)이며 주천(酒泉)에 사는 사람이다.

국성이 어렸을 때는 서막(진나라 사람으로 술을 좋아했다고 함)에게 귀여움을 받았다. 심지어 서막이 그의 이름과 자를 지어 주기까지 했다.

그의 먼 조상은 원래 온(溫) 땅 사람으로 항상 농사를 부지런히 지어 넉넉하게 먹고살았다. 그런데 정(鄭)나라가 주(周)나라를 칠 때 잡아갔기 때문에 그 자손들은 간혹 정나라에 흩어져 살기도 하였다.

국성의 증조는 그 이름이 역사에 실려 있지 않다. 조부모가 주천이라는 곳으로 이사 와서 살기 시작하여 주천 사람이 되었다.

그의 아버지 차는 벼슬을 지냈는데 그의 집에서는 처음 하는 벼슬이었다. 차는 평원 독우(平原督郵, 맛이 좋지 않은 술을 비유한 말)가 되어, 사농경(司農卿, 고려 때 제사에 쓰이는 쌀 등을 관리하던 관아인 사농시의 벼슬아치) 곡씨의 딸과 결혼해서 성을 낳았다.

성은 어려서부터 도량이 넓었다. 손님들이 그 아버지를 보러 왔다가도 성을 유심히 보고 귀여워했다. 손님들이 말했다.

"이 아이의 마음과 도량이 몹시 크고 넓어서 마치 만경의 물결과도 같소. 더 맑게 하려 해도 맑아지지 않고, 흔들어도 더 이상 흐려지지 않소. 그러니 그대와 이야기하는 것보다는 차라리 성과 함께 즐기는 것이 낫겠소."

성은 자라서 중산의 유영(위 · 진나라 시대 죽림칠현 중 한 명), 심양의 도잠(陶潛, 중국 동진의 시인 도연명을 이르는 말)과 친구가 되었다. 이 두 사람은 일찍이 성에 대해서 이렇게 말했다.

"단 하루라도 국성을 만나지 않으면 마음속에 이상한

생각이 싹튼다.”

이들은 서로 만나기만 하면 며칠 동안 모든 일들을 잊고 마음으로 취하고야 헤어졌다. 나라에서 성에게 조구연(糟丘橡, ‘조구’란 술지게미를 쌓은 더미를 가리킴)이란 벼슬을 내렸지만 성이 그것을 받지 않았다. 또 청주종사(淸州從事, 맛이 아주 좋은 술을 비유하는 말)를 삼으니, 공경들이 계속하여 그를 조정에 천거했다. 이에 임금은 조서를 내리고 공거를 보내어 그를 불러 온 다음 눈짓하며 말했다.

“저 사람이 바로 국생인가? 내 그대의 향기로운 이름을 들은 지 오래다.”

태사(太史, 중국의 기록을 맡았던 벼슬아치)가 임금께 아뢰었다.

“지금 주기성(酒旗星)이 크게 빛을 냅니다.”

태사가 이렇게 아뢰고 나서 얼마 안 되어 성이 도착하였다. 임금은 태사의 말을 생각하고 더욱 성을 기특하게 여겼다. 임금은 즉시 성에게 주객낭중(主客郞中, 손님을 접대하는 일을 맡은 관직)의 벼슬을 내리고, 얼마 안 되

어 국자제주(國子祭酒, 나라의 제사
때 올리는 술. 여기에서는 벼슬
이름을 말한다)로 옮겨 예의사
(禮儀使, 예의범절을 관리하는
관리)를 겸하게 했다.

이후부터 모든 조회의 잔치나 종
묘의 제사, 천식(薦食, 봄가을에 신에
게 굿을 할 때 올리는 음식), 진작(進酌, 임금께 나아가
술을 올림)의 예가 임금의 뜻에 맞지 않는 것이 없었다.
이에 임금이 그를 승진시켜 승정원 재상으로 있게 하고
극진한 대접을 했다. 출입할 때에도 교자(轎子, 높은 관
리들이 타는 가마)를 탄 채로 대궐에 오르도록 하고, 이
름을 부르지 않고 국 선생이라 일컬었다. 혹 임금의 마
음이 불쾌할 때 성이 들어와 뵙기만 해도 임금의 마음은
풀어져 웃곤 했다. 성이 사랑을 받는 것은 대체로 이와
같았다.

원래 성은 성질이 구수하고 아량이 있었다. 따라서 날
이 갈수록 사람들과 친근해졌고, 특히 임금과는 조금도

스스럼없이 가까워졌다. 자연 임금의 사랑을 받게 되어 항상 따라다니면서 잔치 자리에서 함께 놀았다.

성에게는 아들이 셋 있었다. 혹과 폭과 역이다. 혹은 독한 술, 폭은 진한 술, 역은 쓴 술이다. 이들은 그 아버지가 임금의 사랑을 받는 것을 믿고 무례하고 건방지게 굴었다. 중서령 모영(毛穎, 붓을 이르는 말)이 임금에게 글을 올려 꾸짖었다.

"행신(行神, 길을 지키는 신)이 폐하의 사랑을 독차지하고 있는 것을 세상 사람들이 모두 결점으로 알고 있습니다. 이제 국성이 조그만 신임을 받아 요행히 벼슬 계급이 올라 많은 도둑을 궁중으로 끌어들이고, 사람들과 어울려 해치기를 일삼고 있습니다. 이것을 보고 모든 사람들이 분하게 여겨, 소리치고 반대하며 머리를 앓고 가슴 아파합니다. 이것이야말로 국가의 병통을 바로잡는 충신이 아니옵고, 실상 만백성에게 해독을 주는 도둑이옵니다. 더구나 성의 자식 셋은 제 아비가 폐하께 총애 받는 것을 믿고, 제 마음대로 행동하고 무례하게 굴어서 모든 사람들이 괴로워하고 있사옵니다. 바라옵건대 이

들에게 모두 사형을 내리셔서 모든 사람들의 입을 막으시옵소서."

이러한 상서가 올라가자 성의 아들 셋은 즉시 독약을 마시고 자살했다. 또한 성은 죄를 받아 서민이 되었다. 한편 치이자(말가죽으로 만든 주머니)도 성과 친하게 지냈다고 해서 수레에서 떨어져 자살했다.

처음에 치이자는 우스갯소리를 잘해서 임금의 사랑을 받았다. 자연 국성과 친하게 되어, 임금이 출입할 때에는 항상 수레에 실려 다녔다. 어느 날 치이자가 몸이 피곤해서 누워 있는데 성이 희롱하여 물었다.

"자네는 배는 크지만 속이 텅 비었으니 그 속에 무엇이 있는가?"

치이자가 대답했다.

"자네들 수백 명은 넉넉히 받아들일 수가 있지."

이들은 항상 서로 우스갯소리를 하며 친하게 지냈다.

성이 벼슬을 그만두자 제(배꼽) 고을과 격(가슴) 마을 사이에 도둑들이 떼 지어 일어났다.

이에 임금이 이 고을의 도둑들을 토벌하라는 명을 내

렸다. 하지만 적임자를 찾아낼 수가 없었다. 임금은 하는 수 없이 다시 성을 기용해서 원수로 삼아 토벌하도록 했다. 성은 부하 군사를 몹시 엄하게 통솔했을 뿐만 아니라 모든 고생을 군사들과 같이했다.

수성(愁城, 근심을 가리킴)에 물을 대어 한 번 싸움에 이를 함락시키고 거기에 장락판(長樂坂)을 쌓은 다음 회군하였다. 임금은 그 공로로 성을 상동후에 봉했다.

그 후 2년이 지나자 성이 상서를 올려 물러나기를 청했다.

"신은 본래 가난한 집 자식으로 태어나 어렸을 적에는 몸이 빈천하여 이곳저곳으로 남에게 팔려 다니는 신세였습니다. 그러다가 우연히 폐하를 뵙게 되었고 폐하께서는 마음을 터놓으시고 신을 받아들이셔서 할 수 없는 몸을 건져 주시고 강호의 모든 사람들과 같이 받아들여 주셨습니다. 그러나 신은 일을 크게 하시는 데 보탬이 되지 못했고, 국가의 체면을 더 빛나게 하지 못했습니다. 지난번에는 행실을 조심하지 못한 탓으로 시골로 물러나 편안히 있었습니다. 비록 엷은 이슬은 거의 다 말랐사오나 그래도 요행히 남은 이슬방울이 있어, 감히 해와 달이 밝은 것을 기뻐하면서 다시금 찌꺼기와 티를 열어젖힐 수가 있었나이다. 또한 물이 그릇에 차면 엎어진다는 것은 모든 물건의 올바른 이치옵니다. 이제 신은 몸이 마르고 소변이 통하지 않는 병으로 목숨이 얼마 남지 않았사옵니다. 바라옵건대 폐하께서는 명을 내리시어 신으로 하여금 물러가 여생을 보내게 해 주옵소서."

그러나 임금은 이를 승낙하지 않고 중사(中使, 임금의 명을 전하던 내시)를 보내어 송계, 창포 등의 약을 가지고 그 집에 가서 병을 돌보 게 했다. 성은 여러 번 글을 올려 이를 사양했다. 그러자 임금은 하는 수 없이 이를

허락하여 성을 마침내 고향으로 돌려보냈다. 그는 천명을 다하고 조용히 세상을 떠났다.

그의 아우는 현이다. 현은 즉 탁주다. 그는 벼슬이 이천 석에 이르

렀다. 아들이 넷인데 익, 두, 앙, 남이다. 익은 색주, 두는 중양주, 앙은 막걸리, 남은 과주다.

이들은 도화 즙을 마셔 신선이 되는 법을 배웠다. 또 성의 조카 주, 만, 엄이 있었다. 이들은 모두 적을 평씨에게 소속시켰다.

사신이 이렇게 말했다.

국씨는 원래 대대로 내려오면서 농삿집 사람들이었다. 성이 유독 덕이 넉넉하고 재주가 맑아서 임금의 마음을 깨우쳐 주고, 국정을 살펴 임금의 마음을 편안하게 하였으니 장한 일이다. 그러나 임금의 사랑이 극도에 달하자 마침내 나라의 기강이 어지러웠다. 그러자 화가 그 아들에게까지 미쳤다. 하지만 이런 일은 그에게는 그다지 불만이 되지 않았다. 그는 늙어서 넉넉한 것을 알고 스스로 물러나 마침내 천명을 다하였다. 〈주역〉에 '기미를 봐서 일을 해 나간다.'고 한 말이 있는데, 성이야말로 여기에 가깝다 하겠다.

정시자전

석식 영암

정시자전

고려 때의 승려 석식영암(釋息影庵)이 지은 가전체 소설로 《동문선》에 실린 작품이다.

입동(立冬)날 새벽에 식영암이 졸고 있는데 정시자가 찾아와 시자(侍者)라고 부르는 이유를 묻고 자신의 성(姓)과 이름의 유래, 찾아온 목적, 부모, 자신의 생애와 생각을 자세하게 대답한다. 수풀 사이에 버려졌으나 풍수의 은혜로 성장하여 진(晉)나라 때에 범씨의 가신이 되어 몸에 옻칠하는 기술을 배웠고, 당(唐)나라 때에는 조주의 문인이 되어 철취(鐵觜 : 쇠주둥이)라는 호를 얻으며, 정도에서 정삼랑(丁三郎)을 만나 성을 받았다고 한다.

하느님이 화산(花山)의 시자(侍者)로 삼을 것이니 그곳에 가서 스승을 섬기라는 명을 받고 왔다는 말을 하자 식영암은 덕을 지니고 죽지도 않는 성인(聖人)인 너를 부릴 수 없다 하고 화도(華都)에 있는 화(花)라는 산에 각암이라는 화상(和尙)이 있는 곳으로 가라고 한다.

이 작품은 지팡이를 의인화하여 고려시대의 당시의 사회상을 비판하고, 사람을 의지하고 믿는 시자를 통하여 인간들이 갖추어야 할 도덕성을 강조한 작품이다.

입동(立冬)날 새벽에 식영암은 암자에서 벽에 기대 졸고 있는
데 밖에서 누군가 뜰에 대고 절을 하며 정시자(丁侍者, 지팡이)가
문안 여쭌다고 하자 식영암이 밖을 내다보니 몸이 가늘고 키가
크고 새까만 눈망울이 툭 튀어나온 사람이 기우뚱거리며 서있다.
식영암은 그를 불러 왜 이름은 정(丁)이고, 어디서 왔으며, 무엇
하러 왔는지를 묻고 평소에 모르는데 시자(侍者)라고 하니 어찌
된 연유인지를 묻는다.

정시자는 공손한 태도로 옛 성인으로 소의 머리를 가지고 있
던 포희씨(包犧氏, 伏犧氏)가 아버님이고 뱀의 몸을 한 여와(女
瓦)가 어머님인데 어머님은 저를 낳자 기르지 않고 숲 속에 버려
추위와 더위를 칠백 번 겪고 난 뒤 인재가 되어 진(晉)나라 때 몸
에 옻칠을 하는 칠신지술(漆身之術)을 배우고, 당나라 때 문인이
되어 철취(鐵嘴)라는 호를 받은 후 정삼랑(丁三郞)을 만나 그의
성인 정(丁)을 받았다 한다.

그리고 여기에 온 연후는 어제 화산(花山)의 시자(侍者)로 삼
을 것이니 그곳에 가서 스승을 섬기라는 하느님의 명을 받고 왔
다는 말을 들은 식영암은 아름다운 덕을 지니고 죽지도 않는 성
인(聖人)인 너를 어찌 내가 부릴 수 있느냐고 하며 화도(華都)에
있는 화(花)라는 산에 각암이라는 화상(和尚)이 있는 곳으로 가라
고 한다.

석식영암 (釋息影庵) 고려 후기의 승려 문인.

고려 후기의 대표적인 고승이며 승려 문인이다. 속성은 양씨 (梁氏)이고 본관은 남원(南原)으로 속명은 알 수가 없다. 법명은 연감(淵鑑)이며 식영암(息影庵)은 호이다.

이제현 민사평 이암 등과 교류하며 지팡이를 의인화한 가전 (假傳)《정시자전 丁侍者傳》을 지었다.

핵심정리

갈래: 가전체

연대: 고려 중엽

구성: 풍자적

제재: 지팡이

주제: 불교 사회의 부패한 단면과 지도층에 반성을 촉구

출전: 동문선

🧑 정시자전

입동(立冬)날 아직 밝지도 않은 꼭
두새벽이다. 식영암은 암자 안에
서 벽에 기대앉은 채 졸고 있었
다. 이때 밖에서 누군가가 뜰
에 대고 절을 하면서 말하였다.

"새로 온 정시자(丁侍者)가 문안 여쭙니다."

식영암은 이상히 여기며 밖을 내다보았다. 거기에는
사람 하나가 서 있는데, 그는 몸이 몹시 가늘고 키는 크
며 색이 검고 빛났다. 붉은 뿔은 우뚝하고 뾰쪽하여 마
치 싸우는 소의 뿔과도 같았다. 새까만 눈망울은 툭 튀
어나와서 마치 부릅뜬 눈과 같았다. 이 사람은 기우뚱거
리면서 걸어 들어오더니 우뚝 섰다.

식영암은 처음에는 놀랐으나 천천히 그를 불러 말했다.

"이리 가까이 오게. 자네에게 우선 물어볼 것이 있네. 왜 자네의 이름은 정(丁)인가? 또 어디서 왔으며 무엇하러 왔는가? 더구나 나는 평소 자네 얼굴도 모르는 터인데, 자네가 자진해 와서 시자(侍者)라고 하니 그건 또 어찌 된 연유인가? 대답해 보게."

말이 채 끝나기도 전에 정시자는 깡충깡충 뛰어 더 앞으로 나오더니 공손한 태도로 차분하게 대답했다.

"옛날 성인으로 소의 머리를 가지고 있던 분은 포희씨(包犧氏)라 하는데, 그분이 바로 제 아버님이십니다. 또 여와(女瓦)는 뱀의 몸을 하고 있었는데 그분이 제 어머님이십니다. 어머니는 저를 낳아서 숲 속에 버리고 기르지 않았습니다. 저는 서리를 맞고 우박을 맞으면 얼고 말라서 거의 죽는 듯했습니다. 그러나 따스한 바람과 비를 만나면 다시 살아나서 자라게 되었습니다. 이렇게 추위와 더위를 칠백 번 겪고 난 뒤에야 비로소 자라나 인재가 되었습니다.

여러 대를 지나서 진(晉)나라 세상에
이르러 저는 범씨(范氏)의 가신이 되
었습니다. 이때 비로소 몸에 옻칠을
하는 칠신지술(漆身之術, 주인의 원
수를 갚으려고 몸에 옻칠을 하여
문둥이 행세를 한다는 고사)을 배웠습니다. 당나라 시대
에 와서는 조로(趙老)의 문인이 되었고, 그리고 여기에서
또 철취(鐵嘴)라는 호를 받았습니다. 그 뒤에 저는 정도
(定陶) 땅에서 놀았습니다.

이때 저는 정삼랑(丁三郎)을 길에서 만났지요. 그는 저
를 한참 보더니 이렇게 말했습니다. '내가 자네 생김새
를 보니 위로는 가로 그어졌고, 아래로는 내리 그어졌으
니 내 성 정(丁)자와 똑같이 생겼네. 내 성을 자네에게 주
겠네.' 저는 이 말을 듣고 그의 말이 좋아서 성을 정(丁)
으로 하고 고치지 않으려 합니다.

저의 직책은 항상 사람을 붙들어 도와주는 데 있습니
다. 자연 모든 사람들이 저를 부리기만 해서 제 몸은 항
상 천하고 고달프기만 합니다. 하지만 제가 좋은 사람이

라고 생각하지 않는 사람은 감히 저를 부리지 못합니다. 때문에 제가 진심으로 붙들어 모시는 분은 몇 되지 않습니다. 이렇게 되고 보니 제가 원하는 사람을 만나지 못해서 이제 저는 돌아가 의지할 곳이 없게 되었습니다. 나라 안을 두루 돌아다니면서 토우인(土偶人)에게 비웃음을 당한 지도 오래 되었습니다.

하온데 어제 하느님이 저의 기구한 운명을 불쌍히 여겼던지 저에게 명하셨습니다. '너를 화산(花山)의 시자로 삼을 것이니 이제 그곳으로 가서 직책을 받들고 스승을 오직 삼가서 섬길지어다.' 이에 저는 하느님의 명을 받들고 기뻐서 외다리로 뛰어서 여기에 온 것입니다. 바라옵건대 장로(長老)께서는 용납해 주십시오."

이 말을 듣고 식영암이 말했다.

"아! 후덕스러운 일이로구나. 정상좌(丁上座)의 말이여! 상좌는 옛 성인이 남겨 준 사람이로다. 몸의 뿔이 허물어지지 않은 것은 씩씩함이요, 눈이 없어지지 않은 것은 용맹스러움이로다. 몸에 옻칠을 하고 은혜와 원수를 생각한 것은 믿음과 의리가 있는 것이로다. 쇠로 된 주

둥이를 가지고 재치 있게 묻기도 하고 대답하기도 하는 것은 지혜가 있는 것이요, 변론을 잘하는 것이로다. 사람을 붙들어 모시는 것을 직책으로 삼는 것은 어진 것이요, 예의가 있는 것이며, 돌아가서 의지할 곳을 택하는 것은 바름이요, 밝은 것이로다. 이러한 여러 가지 아름다운 덕을 모아서 길이 오래 살고, 조금도 늙거나 또 죽지도 않으니, 이것은 성인(聖人)이 아니면 신이로다. 그러한 너를 내가 어찌 부릴 수가 있단 말이냐?

이 여러 가지 아름다운 일 중에 나는 하나도 가진 것이 없다. 그러니 너의 친구가 될 수도 없는데 하물며 네 스승이 될 수가 있겠느냐? 화도(華都)에 화(花)라는 이름을 가진 산이 하나 있다. 이 산속에 각암(閣菴)이라는 늙은 화상이 지금 2년 동안 머물고 있다. 산 이름은 비록 같지만 사람의 덕은 같지 않으니, 하늘이 그대에게 명하여 가라고 한 곳은 여기가 아니고 바로 그곳일 것이다. 그대는 그곳으로 가도록 하라."

말을 마치고 식영암은 노래를 부르면서 그를 보냈다. 그 노래는 이러했다.

"정(丁)이여! 어서 빨리 각암이 있는 곳으로 가도록 하라. 나는 여기서 박과 외(瓜)처럼 매여 사는 몸이니, 그대만 못한가 하노라."

죽부인전

이곡

죽부인전

작품 정리

이 작품은 어진 부인으로서 어려움을 무릅쓰고 굳은 절개를 지키며 살아가는 죽부인의 모습을 그린 일종의 열녀전으로 고려 후기 가전체 소설이다.

죽부인의 이름은 빙(憑)이고, 위빈(渭濱)에 사는 은사운(왕대)의 딸이다. 이웃의 총각인 의남이 음사(淫詞)를 지어 죽부인을 희롱하지만 정숙한 그는 절개를 지키며 산다.

부모의 권고에 따라 송 대부와 혼인한 후 신선의 학술을 배우러 곡성산에 간 후 돌로 변한 송 대부를 기다리며 청분산(靑山)에 홀로 살며 늦도록 절개를 지키며 산다.

그 당시 남녀관계가 문란했던 사회상을 대나무를 의인화하여 열녀 가문의 품위를 지키는 교훈적 내용으로 유교의 가치관적 교훈을 주는 작품이다.

　　죽부인은 이름이 빙(憑)이고, 위빈(渭濱)에 사는 은사운(왕대)의 딸이다. 그 선대에 문적과 가까이 하여 사관이 되고 문인과 친교가 있었다. 진나라의 학정에 창랑의 후손은 숨어 지낸다. 주나라 때 간은 태공과 더불어 위빈에서 낚시질하며 곡직을 충직하게 간하였다. 이웃의 총각인 의남이 음사(淫詞)를 지어 죽부인을 희롱하지만 정숙한 그는 절개를 지키고 부모의 권고에 따라 송대부와 혼인한다. 송공은 부인보다 나이가 18세 위인데, 늦게 신선의 학술을 배워 곡성산에 노닐다가 돌로 변하여 돌아오지 못했다. 부인이 청분산(淸盆山)에 홀로 살면서 술 마시기를 좋아하여 고갈병이 나서 치료하지 못하고 사람을 의지하며 늦도록 절개를 지키며 산다.

작가 소개

이곡 (李穀, 1298~1351) 고려 충렬왕~충정왕 때의 문인.

　　본관 한산(韓山). 자 중보(仲父), 호 가정(稼亭). 시호 문효(文孝). 한산 이씨 시조 윤경(允卿)의 6대손으로 자성(自成)의 아들이며 색(穡)의 아버지다.

　1317년 충숙왕 때 거자과(擧子科)에 합격, 예문관 검열이 된다. 1332년 충숙왕 복위 때 원나라 정동성 향시 수석과 전시 차석으로 급제. 1334년 학교를 진흥시키라는 조서를 받고 귀국하여 가선대부 시전의부령직보문각에 제수되고 이듬해 다시 원나라에 휘정원관구 · 정동행중서성좌우사원외랑의 벼슬을 한다.

　그 뒤 본국에서 밀직부사 · 지밀직사사를 거쳐 도첨의찬성사가 된 후 공민왕의 옹립을 주장하다 충정왕이 즉위하자 다시 원나라로 가 봉의대부를 제수 받고 그 이듬해에 생을 마친다.

　≪동문선≫에 백여 편의 작품이 수록되어 있다. 저서로는 ≪가정집≫ 4책 20권이 전한다.

핵심정리

갈래: 가전체

연대: 고려 말엽

구성: 풍자적

제재: 대나무

주제: 퇴폐적인 사회상에 절개를 강조

출전: 동문선

죽부인전

부인의 성은 죽(竹)이요, 이름은 빙(憑)이다. 위빈(渭濱) 사람 운의 딸이다. 그의 가계는 창랑씨(蒼?氏)에서 시작한다. 그 조상이 음률을 해득하게 되자 황제(黃帝)가 그를 뽑아서 음악의 일을 맡아 다스리게 했다. 우(虞)나라 때의 소(簫) 역시 그의 후손이다.

처음에 창랑은 곤륜산(昆侖山) 남쪽으로부터 동쪽으로 옮겨 와서 복희씨(伏羲氏) 때에 위씨(韋氏)와 함께 문적에 관한 일을 맡아 보아 큰 공을 세웠다. 그래서 자손 대대로 모두 사관(史官)의 자리를 맡아 왔다.

포악한 정사를 펼친 진(秦)나라는 이사(李斯)의 계획을 받아들여 모든 책들을 불사르며 선비들을 묻어 죽였다.

이렇게 되자 창랑의 자손들은 점점 한미(寒微)해졌다.

한(漢)나라 때에 와서는 채윤(蔡倫)의 문객 저생(楮生)이 글을 배워서 붓을 가지고 때때로 죽(竹)씨와 함께 놀았다. 하지만 그 위인은 경박하고 남 헐뜯기를 좋아하여, 죽씨의 강직한 모습을 보고 슬며시 좀먹고 헐어져서 죽씨의 소임을 빼앗아버렸다.

주(周)나라 때 간(竿)이 있었다. 그 역시 죽씨의 후손이다. 태공망과 함께 위빈에서 낚시질을 했다. 어느 날 태공은 낚시에 쓸 갈고리를 만들었다. 이것을 본 간이 말했다.

"내가 들으니 큰 낚시는 갈고리가 없다고 합니다. 낚시의 크고 작은 것은 굽고 곧은 데 있습니다. 곧은 낚시는 가히 나라를 낚을 것이요, 굽은 낚시는 겨우 물고기를 낚는 데 지나지 않을 것입니다."

태공은 옳게 여기고 그 말을 좇기로 했다. 뒤에 과연 태공은 문왕의 스승이 되어 마침내 제(濟)나라에 봉해지기까지 했다. 이에 태공은 간이 어질다고 임금에게 천거하여 위빈을 식읍으로 삼게 했다. 이것이 바로 죽씨와 위

빈이 관계를 맺게 된 유래이다.

지금도 죽씨의 자손은 수없이 많다. 이를테면 임(箖)·어(篽)·군(箸)·정(筳)이 그들이다. 그 자손 중에서 양주(楊州)로 옮겨간 자들이 있다. 이들은 조(篠), 탕(簜)이라고 하며 또 오랑캐 땅으로 들어간 자는 봉(篷)이라 한다.

죽씨에는 대개 문(文)과 무(武) 두 줄기가 있다. 대대로 변(籩), 궤(簋), 생(笙), 우(竽)처럼 주로 예악에 소용되는 것이 있는가 하면, 또는 활 쏘고 물고기 잡는 데 쓰는 작은 도구에 이르기까지 모두 전적(典籍)에 실려 있어 대의 마디마디를 볼 수 있다.

그중에서 오직 감(莭)만은 성질이 몹시 둔했다. 속이 막혀 아무것도 배우지 못하고 죽었다. 운의 대에 이르러 숨어 살면서 나아가 벼슬하지 않았다. 그에게는 아우가 하나 있었다. 이름은 당(筼)이며 형과 함께 이름을 가지런히 하여 가운데를 비우고 곧게 자랐다. 특히 그는 왕자유(子猷)와 친하게 지냈다. 어느 날 자유가 말하였다.

"하루도 그대(此君) 없이는 살 수 없다."

이로부터 그의 호를 차군(此君)이라 부르기 시작했다. 자유는 단정한 사람으로서 벗을 취하는데도 반드시 단정한 사람을 골라서 취했다. 그러니 그의 사람됨을 알 만하다.

당은 익모(益母)의 딸과 결혼하여 딸 하나를 낳았다. 죽부인(竹夫人)이란 바로 그 딸을 말한다. 처녀 때 정숙한 자태를 지녔다. 이웃에 사는 의남(宜男)이란 자가 음란한 노래를 지어 속마음을 떠보지만 부인은 노여워하며 말했다.

"남녀가 비록 다르지만 그 절개는 하나밖에 없다. 한번 사람에게 절개를 꺾이게 되면 어찌 다시 세상에 설 수 있겠는가?"

이 말을 듣고 의남은 부끄러워 달아났다. 그러니 어찌 소나 끄는 사람이 엿볼 수 있으랴.

차츰 자라자 송 대부(宋大夫)가 예를 갖추어 혼인하기를 청했다. 이때 그 부모가 말했다.

"송공(宋公)은 참으로 군자다. 그의 평소의 지조와 행동을 보니 우리 집과 짝이 될 만하구나."

이리하여 부인을 그의 아내로 보낸다. 이로부터 부인의 성질은 날로 더욱 굳고 두터워져서, 일을 분별함에 있어서 그 민첩함이 마치 칼날로 쪼개는 것과 같았다. 그의 이러한 성질은 비록 매선(梅仙)의 믿음이 있는 것과 이씨(李氏)의 말이 없는 것도 한 번 돌아볼 가치가 없는데, 하물며 늙은 귤이나 살구 열매 따위에 비교할 수 있으랴!

혹 안개 낀 아침이나 달 밝은 저녁을 만나 바람을 임해서 시를 읊고 비오는 것을 휘파람으로 불 때에는 그 깔끔한 태도를 무엇으로 형용하랴. 일 만들기를 좋아하는 사람들이 슬며시 그 얼굴을 그려 전해가면서 보배로 삼았다. 그중에서도 문여가(文與可)와 소자첨(蘇子瞻)이 더욱 그것을 좋아했다.

송공은 부인보다 십팔 세나 위였다. 늦게 신선이 되어 곡성산(穀城山)에 가서 놀다가 돌로 화해 버려 다시 집으로 돌아오지 못했다. 이로부터 부인은 혼자 살면서 가끔 ≪시경(詩經)≫의 위풍(衛風)을 노래했다. 그녀는 자연

마음이 흔들려 혼자서 지탱해 나갈 수가 없었다.

그녀는 술 마시기를 좋아했다.

기록에 그 연대는 없지만 어느 해인가 오월 십삼일에 청분산(靑盆山)으로 집을 옮겨 살다가 술에 취하여 고갈병(枯渴病)에 걸리지만 고치지 못했다. 병을 얻은 후에는 항상 사람에게 의지해서 살았다. 그녀의 만절(晩節)은 더욱 굳어서 온 시골에서 모두 그녀를 칭찬해 마지않았다.

그녀는 또 삼방 절도사(三邦節度使) 유균(惟菌)의 부인과 성이 같았다. 그녀의 행실이 임금에게까지 알려져서 절부(節婦)의 직함을 내린다.

사씨(史氏)가 말하기를

"죽씨(竹氏)의 조상은 상고시대에 큰 공을 세웠고, 또 그 자손들은 모두 다 재능이 있고 절개가 굳어서 세상에 칭찬을 받는다. 부인은 이미 군자와 짝지어 살아서 남에게 의지함이 되었지만 아들이 없었으니 천도(天道)는 아는 것이 없다는 말이 과연 헛말이 아니더라."

저생전

이첨

저생전

이 작품은 종이를 의인화해서 당시의 부패한 선비의 도에 대하여 경종을 울린 작품이다.

생의 성은 저(楮)다. 저는 닥나무로 종이의 원료다. 생은 태어날 때 난초 탕에 목욕을 하고, 흰 구슬을 희롱하고 흰 띠로 꾸렸기 때문에 그 모양이 깨끗하고 희었다. 그의 아우는 모두 열아홉 명이나 된다. 이들은 저생과 같은 어머니에게서 태어나 서로 화목하고 사이가 좋아서 잠시도 떨어지지 않았다.

이들은 원래 성질이 정결하고, 무인을 좋아하지 않아, 언제나 문사들만 사귀어 놀았다. 그 중에서도 중산 모학사가 가까운 친구다. 모학사란 곧 붓을 가리킨다. 둘이서는 마냥 친하게 놀아서 혹시 모학사가 저생의 얼굴에 먹칠을 하고 더럽혀도 씻지 않고 그대로 있었다.

한나라에서 선비를 뽑는 방정과에 응시한 저생이 임금께 옛날이나 지금의 글은 대개 댓조각을 엮어서 쓰기도 하고, 흰 비단 조각에 쓰기도 하지만 불편하기 때문에 자신이 비록 두텁지는 못하지만 댓조각이나 비단을 대신하려 하니 저를 써 보시다가 효력이 없으면 자신의 몸에 먹칠을 하라고 하자 이 말을 듣고 시험해 보니 그의 말대로 편리하였다.

작자는 종이가 발명되던 시기인 한나라부터 원나라, 명나라에 이르기까지 종이의 용도와 내력을 기술하고 저생을 빗대 그 당시의 위정자에게 올바른 정치를 하라는 교훈을 준다.

작품 줄거리

생의 성은 저(楮)다. 저는 닥나무로 종이의 원료다. 생은 태어날 때 난초탕에 목욕을 하고, 흰 구슬을 희롱하고 흰 띠로 꾸렸기 때문에 그 모양이 깨끗하고 희었다. 그의 아우는 모두 열아홉 명이나 된다. 이들은 저생과 같은 어머니에게서 태어나 서로 화목하고 사이가 좋아서 잠시도 떨어지지 않았다.

이들은 원래 성질이 정결하고, 무인을 좋아하지 않아, 언제나 문사들만 사귀어 놀았다. 그 중에서도 중산 모학사가 가까운 친구다. 모학사란 곧 붓을 가리킨다. 둘이서는 마냥 친하게 놀아서 혹시 모학사가 저생의 얼굴에 먹칠을 하고 더럽혀도 씻지 않고 그대로 있었다.

　저생의 학문은 천지·음양의 이치를 널리 통하고, 성현과 명수(命數, 운명 또는 수명)에 대한 학문의 근원까지도 모르는 것이 없다. 제자백가의 글과 이단 불교에 이르기까지도 모조리 써서 보고 연구한다. 한나라에서 선비를 뽑는데 저생은 방정과에 응시하여 임금께 말하였다.

　"옛날이나 지금의 글은 대개 댓조각을 엮어서 쓰기도 하고, 흰 비단 조각에 쓰기도 합니다. 그러나 이것은 다 불편하기 짝이 없습니다. 신은 비록 두텁지는 못하오나 진심으로 댓조각이나 비단을 대신하려 하옵니다. 저를 써 보시다가 만일 효력이 없으시거든 신의 몸에 먹칠을 하시옵소서."

　이 말을 듣고 시험해 보니 그의 말대로 과연 편리하여 전혀 댓조각이나 비단을 쓸 필요가 없었다.

이첨 (李詹 1345~1405)

고려 말, 조선 초의 문신. 본관 홍주(洪州). 자 중숙(中叔), 호 쌍매당(雙梅堂), 시호 문안(文安). 1365년(공민왕 14) 감시(監試)에 합격, 68년 문과(文科)에 급제하여 예문검열(藝文檢閱)이 되고, 69년 우정언(右正言)을 거쳐 75년(우왕 1) 우헌납(右獻納)에 올라 이인임(李仁任) 등을 탄핵하여 10년간 유배생활을 했다. 88년 풀려나 내부부령(內部副令)·응교(應敎) 등을 거쳐 우상시(右常侍)가 되고 이어 지신사(知申事)에 올라 감시를 맡아보다가 김진양(金震陽) 사건에 관련되어 결성(結城)에 귀양갔다. 조선 건국 후 98년(태조 7) 이조전서(吏曹典書)에 기용되어 1400년(정종 2) 첨서삼군부사(簽書三軍府事)가 되어 명나라에 다녀왔다. 1402년(태종 2) 예문관 대제학을 거쳐 지의정부사(知議政府事)에 올라 등극사(登極使)로 명나라에 다녀와서 정헌대부(正憲大夫)가 되었다. ≪삼국사략(三國史略)≫을 찬수(撰修)했고 문장과 글씨에 뛰어났다. 저서에 ≪저생전(楮生傳)≫, ≪쌍매당집(雙梅堂集)≫ 등이 있다.

 저생전

생의 성은 저다. 저란 닥나무로 종이의 원료다. 그의 이름은 백(白)이며, 희다는 뜻이다. 자는 무점(無玷)이다. 무점은 아무런 티가 없이 깨끗하다는 말이다. 그는 회계 사람으로 한나라 채륜(蔡倫)의 후손이다.

생은 태어날 때 난초탕에 목욕을 하고, 흰 구슬을 희롱하고 흰 띠로 꾸렸기 때문에 그 모양이 깨끗하고 희었다. 그의 아우는 모두 열아홉 명이나 된다. 이들은 저생과 같은 어머니에게서 태어나 서로 화목하고 사이가 좋아서 잠시도 떨어지지 않았다.

이들은 원래 성질이 정결하고, 무인을 좋아하지 않아,

언제나 문사들만 사귀어 놀았다. 그 중에서도 중산 모학사가 가까운 친구다. 모학사란 곧 붓을 가리킨다. 둘이서는 마냥 친하게 놀아서 혹시 모학사가 저생의 얼굴에 먹칠을 하고 더럽혀도 씻지 않고 그대로 있었다.

저생은 학문으로 말하면 천지, 음양의 이치에 널리 통하고, 성현과 명수(命數)에 대한 학문의 근원까지도 모르는 것이 없었다. 심지어 제자백가의 글과 이단(異端)과 불교에 이르기까지도 모조리 써서 보고 연구하였다.

한나라에서 선비를 뽑는데 책(策)을 지어 재주를 시험했다. 이때 저생은 방정과(方正科)에 응시하여 임금께 말했다.

"옛날이나 지금의 글은 대개 댓조각을 엮어서 쓰기도 하고, 흰 비단에 쓰기도 합니다. 그러나 이것은 모두 불편하기 짝이 없습니다. 신은 비록 두텁지는 못하오나 진심으로 댓조각이나 비단을 대신하려 하옵니다. 저를 써 보시다가 만일 효력이 없거든 신의 몸에 먹칠을 하시옵소서."

이 말을 듣고 화제(和帝)는 사람을 시켜서 시험해 보라

했다. 그의 말대로 시험해 보니 과연 편리하여 전혀 댓조각이나 비단을 쓸 필요가 없었다. 이에 저생을 포상하여 저국공(楮國公) 백주자사(白州刺史, 종이이므로 저(楮)자를 써 저국공이라 하고, 희기 때문에 백주라 했다)의 벼슬에 임명한다. 그리고 만자군을 통솔케 하고 봉읍으로 그의 씨(氏)를 삼았다.

이것을 보고 나무껍질, 삼(麻), 고기 그물, 칡뿌리 네 사람이 자기들도 써 주기를 청했다. 하지만 이들은 자신들의 말처럼 완전하지 못하여 파면되고 말았다.

　이들은 마침내 오래 사는 술법을 배워, 비나 바람이 그 몸에 침입하지 못하고 좀이 먹어 들지 못하게 했다. 항상 7일이면 양정(陽精)을 빨아들이고 먼지를 털며, 입을 옷을 볕에 쬐면서 조용히 거처하고 있다.

　그 뒤에 진(晉)나라 좌태충(左太沖, 진나라 때의 시인)이 '성도부(城都賦)'를 지은 일이 있었다. 저생이 그 글을 한 번 보더니 이내 외워 버리는 것이었다. 사람들은 그가 외우는 대로 다투어 베껴 썼다. 이 후 평소에 그를 알고 지내던 사람들이 그를 자주 볼 수 없게 된다.

뒤에 와서는 왕우군(王右軍, 왕희지)의 필적을 본받아서 해자(楷字, 해서체)로 쓴 글씨가 천하에서 제일 묘했다. 그 뒤 양나라 태자 통(統)을 섬겨 함께 ≪고문선≫을 편찬하여 세상에 전했다. 또 임금의 명령을 받고 위수(魏收)와 함께 국사를 편찬하기도 했다. 하지만 이 역사서는 위수가 칭찬하고 깎아 내리는 것을 공정하게 하지 못한 까닭에 후세 사람들이 예사(穢史, 더러운 역사)라고 했다. 이에 저생은 자진하여 사직하고 소작(蘇綽)과 함께 장부나 상고(기록)하겠다고 청했다. 임금이 이를 허락하자 지출은 붉은 글씨로 쓰고, 수입은 먹으로 써서 분명하게 장부를 꾸몄다. 이것을 보고 세상 사람들은 그의 재능을 칭찬했다.

그런 뒤로 진(陳)의 후주(後主, 진나라 마지막 황제)의 사랑을 받게 되었다. 그는 행신(倖臣, 임금의 총애를 받는 신하) 학사의 무리들과 함께 항상 임춘각(臨春閣)에서 시를 지었다. 이때 수(隋)나라 군사가 경구(京口)를 지나자, 진나라 장수가 비밀리에 임금에게 고급(급히 알리는 것)했다. 그러나 저생은 이것을 숨기고 봉한 것을 열어 보이지 않았다. 이 때문에 진나라는 수나라에 패하고 말 았다.

대업(大業, 수나라 양제 연호) 연간의 일이다. 저생 은 왕주(王胄), 설도형(薛道 衡)과 함께 양제를 섬겨 그들과 같 이 정초(庭草), 연니(燕泥)의 글귀를 읊었 다. 그러나 양제는 딴 사람이 자기보다 나은 것을 싫어 해서 저생을 돌보지 않았다. 저생은 마침내 소박당해 대 궐을 나오고 말았다.

당나라 때였다. 홍문관이란 기구를 설치하게 되었다. 이에 저생은 본관으로 학사를 겸해 저수량(楮遂良), 구양 순(歐陽詢) 등과 함께 옛날 역사를 강론하고 모든 정사를 상고하여 처리했다. 이리하여 세상에서 말하는 '정관(貞 觀)의 좋은 정치'를 이룩했다. 또 송나라가 일어나자 정 주학의 모든 선비들과 함께 문명(文明)의 좋은 정치를 이 룩하기도 하였다.

사마온공은 ≪자치통감≫을 편찬할 때 저생이 박식하

고 아담해서 늘 옆에 두고 물어서 썼다. 그때 마침 왕안석(王安石)은 권세를 부려 ≪춘추≫의 학문을 좋아하지 않았다. 왕안석은 ≪춘추≫를 가리켜 다 찢어진 소식지라고 평했다. 저생은 이를 옳지 못한 의논(평론)이라고 했다. 이리하여 마침내 배척당하고 쓰이지 못했다.

원나라 초년이 되었다. 저생은 본업에 힘쓰지 않고 오직 장사만을 좋아했다. 몸에 돈(신대전관(身帶錢貫, 종이돈을 만들어 쓰던 법) 꾸러미를 두르고 찻집이나 술집을 드나들면서 한 푼 한 리의 이익만을 도모했다. 세상 사람들은 간혹 이를 비루하게 여겼다.

원나라가 망하자 저생은 다시 명(明)나라에서 벼슬을 하여 비로소 사랑을 받게 되었다. 이로부터 자손이 번성하여 대대로 역사를 맡아 쓰는 사씨(史氏)가 되기도 하고, 시가(詩家)의 일가를 이루기도 했다. 혹은 선록(禪錄)을 초봉(草封)하기도 하였다. 발탁되어 관직에 있는 자는 돈과 곡식의 수효를 알게 되었고, 군무에 종사하는 자는 군대의 공로를 기록했다. 그들이 맡은 직업에는 비록 귀천이 있기는 했지만 모두 제자리를 지키지 않는다는 비

난을 받지 않았다. 대부(大夫)가 된 뒤부터 그들은 거의 다 흰 띠를 두르기 시작하였다.

태사공(太史公)은 말한다.

무왕이 은(殷)을 이기고, 아우 숙도(叔度)를 채(蔡)땅에 봉한 뒤, 주(紂)의 아들 무경(武庚)을 도와서 은나라의 유민들을 다스리게 했다.

무왕이 죽고 성왕(成王)의 나이가 어려서 주공(周公)이 이를 도왔다. 이때 채숙(蔡叔)이 나라 안에 유언비어를 퍼뜨리자 주공은 그를 귀양 보냈다. 그 아들 호(胡)는 과거의 행동을 고쳐서 덕을 닦았다. 이에 주공은 그를 천거하여 높은 벼슬에 썼다. 성왕은 다시 호를 신채(新蔡)로 봉했으니 그가 곧 채중(蔡仲)이었다.

그 뒤에 초나라 공왕(共王)이 애후(哀侯)를 잡아서 돌아왔다. 그가 식부인(息夫人)을 공경하지 않는 까닭이다. 이에 채(蔡) 땅 사람들은 그 아들 힐을 왕으로 세운다. 그가 바로 무후(繆侯)다. 그런데 이번에는 제(齊)의 환공(桓

公)이 그가 채 땅의 여인과 헤어지지 않은 채 다시 딴 곳으로 장가갔다 해서 무후를 사로잡아 돌아왔다.

무후가 죽자 그 아들 갑오(甲午)가 섰다. 그러나 초(楚)의 영왕(靈王)이 영후(靈侯)의 아비 원수를 갚으려고 군사를 매복하고 술을 먹여 죽였다. 그리고 채(蔡) 땅을 포위하고 멸한 다음에 경후(景侯)의 소자(少子) 여(盧)를 구하여 세웠다. 그가 바로 평후(平侯)다. 이들은 그로부터 하채(下蔡)로 옮겨 살았다. 그 후에 초(楚)의 혜왕(惠王)이 다시 채(蔡) 땅의 제후들을 멸해서 그 뒤로는 마침내 쇠미(衰微)해졌다.

아아! 왕자(王者)의 후손들은 그 조상이 대대로 쌓은 두터운 덕으로 해서 국가를 차지하고 있었다. 그러나 그들이 융성해지고 쇠약해지는 것은 모두 운명과 교화의 탓으로 변해갔다. 채(蔡)는 본래 주(周)와 같은 성이었다. 이 나라는 양쪽 강국 사이에 끼여 있어서 공연한 공격을 받아 왔다. 그러면서도 같이 그 자손이 없어지지 않고 있다가 한(漢)의 말년에 이르러 드디어 봉읍을 받고 그 성을 바꾸게 되었다. 그러니 나라가 변해서 사사로운 집이 되고 커져서 그 자손이 천하에 가득해지는 것을, 나는 오직 채(蔡)씨의 후손에게서 볼 수 있다.

배열부전

이숭인

배열부전

경신년 7월에, 왜적이 경산에 와서 온 고을에 분탕질을 하고 열부가 사는 마을로 오지만 동교는 합포(合浦)에 있는 원수(元帥)의 막하로 나가서 돌아오지 않는다. 열부는 젖먹이 아들을 안고 달아나지만 강물이 불어 화를 면하지 못할 줄을 짐작하고 젖먹이 아이를 강둑에 놓아두고 강으로 뛰어든다.

적은 화살을 당기어 겨누면서 네가 돌아오면 너의 죽음은 면할 것이다 하지만 열부는 적을 꾸짖으며 어찌 나를 빨리 죽이지 않느냐. 하고 내가 어찌 너에게 더럽힘을 당할 사람으로 생각하느냐 하며 적의 화살을 맞고 강물 속에 빠져 죽는다.

작자는 우리 조상들의 전통적인 윤리관으로 왜적의 침입에도 굴하지 않고 죽음으로써 정절을 지킨 한 열부의 행적을 찬양하는 유교적 가치관에 큰 의미를 지닌 작품이다.

열부의 성은 배씨(裵氏)요, 이름은 아무인데 경산(京山) 사람이다. 아버지는 전의 진사인 중선(中善)이다. 15세가 지나서 사족인 이동교(李東郊)에게 출가하여 가정의 일을 잘 돌보았다.

경신년 7월에, 왜적이 경산에 와서 온 고을에 분탕질을 하는데도 감히 막아내는 자가 없었다. 이때 동교는 합포(合浦)에 있는 원수(元帥)의 막하에 나가서 돌아오지 않았는데, 왜적들은 열부가 사는 마을에 왔다.

열부가 젖먹이 아들을 안고 달아나니 적은 그를 쫓아 강에 이르렀다. 강물이 한창 불어 오르는 판이어서 열부는 화를 면하지 못할 줄을 짐작하고 젖먹이 아이를 강둑에 놓아두고 강으로 뛰어들었다.

적은 화살을 당기어 그를 겨누면서 말하기를 네가 돌아오면 너의 죽음은 면할 것이다 하였다. 열부는 적을 돌아보며 꾸짖으며 어찌하여 나를 빨리 죽이지 않느냐. 내가 어찌 너에게 더럽힘을 당할 사람으로 생각하느냐 하자 적은 화살을 쏘아서 맞혀 강물 속에 빠져 죽는다.

작가 소개

이숭인 (李崇仁) 1349~1392(태조 1)

고려 후기의 학자. 시인. 본관은 성주(星州). 자는 자안(子安), 호는 도은(陶隱).

목은(牧隱) 이색, 포은(圃隱) 정몽주와 함께 고려 말의 삼은(三隱)이다. 아버지 원구(元具)와 어머니 언양 김씨(彦陽金氏)의 맏아들로 출생. 1360년 14세 때 국자감시에 합격, 16세 숙옹부승을 제수 받고, 장흥고사가 된다. 21세 때 성균관 생원이 됨. 우왕 즉위 친명파라고 대구현에 유배된 후 4년 뒤 성균사성 전리판서 밀직제학을 역임한다. 1388년(창왕 즉위) 통주(通州)에 유배, 최영의 몰락으로 소환되어 지밀직사사가 됨. 1392년 정몽주가 피살되자 그 일파로 몰려 순천에 유배 후 피살된다. 그 후 태종이 그의 죽음이 무고함을 밝히고 1406년 이조판서를 증직하고 문충(文忠)이라는 시호를 내림.

대표 작품에는 <제승사 題僧舍>·<오호조 嗚呼鳥>·<도은집> 등 5권이 전한다.

핵심정리

갈래 : 가전체

연대 : 고려 말엽

구성 : 전기적

제재 : 열부

주제 : 절개를 지키려 항거하는 죽음

출전 : 동문선

🐾 배열부전

열부의 성은 배씨(裴氏)요, 이름은 아무인데 경산(京山) 사람이다. 아버지는 전의 진사인 중선(中善)이다. 15세가 지나서 사족인 이동교(李東郊)에게 출가하여 가정의 일을 잘 돌보았다.

경신년 가을 7월에, 왜적이 경산에 다가와서 온 고을에 분탕질을 하는데도 감히 막아내는 자가 없었다. 이때 동교는 합포(合浦)에 있는 원수(元帥)의 막하에 나가서 돌아오지 않는데, 적은 열부가 사는 마을에 왔다.

열부가 젖먹이 아들을 안고 달아나니 적은 그를 쫓아 강에 이르렀다. 강물이 한창 불어 오르는 판이어서 열부는 화를 면하지 못할 줄을 짐작하고 젖먹이 아이를 강둑에 놓아두고 강으로 뛰어들었다.

적은 활에 화살을 메워서 잔뜩 당기어 그를 겨누면서 말하기를,

"네가 돌아오면 너의 죽음을 면할 것이다."

하였다. 열부는 적을 돌아보며 꾸짖기를,

"어찌하여 나를 빨리 죽이지 않느냐. 내가 어찌 너에게 더럽힘을 당할 사람으로 생각하느냐."

하였다. 적은 화살을 쏘아 어깨를 겨냥하고 두 번 쏘아서 두 번 맞혀 드디어 강물 속에 빠져 죽었다. 적이 물러간 뒤에 집안사람이 그의 시체를 찾아서 장사를 치렀다.

체복사(體覆使) 조공(趙公) 준(浚)이 그 사실을 나라에 보고하여 그 동리의 문에 정표하였다 한다.

도은자(陶隱子)는 말하였다.

"사람들은 보통 신하가 되어서는 신하의 도리를 극진히 하며, 아들이 되어서는 아들의 도리를 극진히 하며,

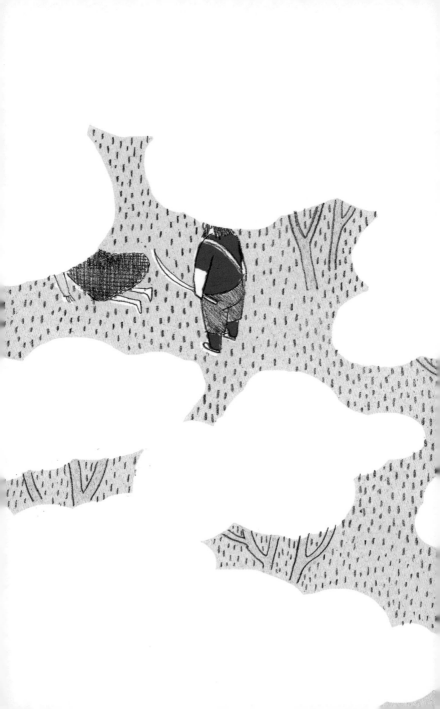

아내가 되어서는 아내의 도리를 극진히 해야 한다고 말하지만 실제로 어려운 큰일을 당해서는 이를 실천하는 사람은 극히 드물다. 배씨는 일개의 부인으로서 그가 죽음을 보기를 당연히 돌아갈 곳처럼 생각하였고, 적을 꾸짖는 말은 비록 옛날의 충신열사라 할지라도 이보다 더할 수 없다."

내가 일찍이 남쪽 지방을 다니다가 소야강(所耶江)을 지났는데, 이곳이 곧 열부가 절조를 위하여 죽은 강이었다. 여울물은 슬퍼 흐느끼고 숲의 나무도 쓸쓸하여 사람으로 하여금 머리끝을 쭈뼛하게 하였다.

아, 장렬하여라.

청강사자 현부전

이규보

청강사자 현부전

주인공 현부(玄夫 거북)의 먼 조상인 문갑(文甲)은 요(堯)시대에 이상한 그림을 임금에게 바쳐 낙수후(洛水侯)로 봉함을 받고, 대대로 국가에 공적이 있다. 현부는 성품이 무(武)를 숭상해 항상 갑옷을 입고 다녔다. 임금이 그 이름을 듣고 초빙하였으나 진흙 속에 노닐어 재미가 무궁한데 상자 속에 담기어 받는 총영(寵榮)을 내가 어찌 바랄쏘냐 하고 대답도 하지 않아 그를 불러들이지 못한다.

그 뒤 송(宋)나라 원왕(元王) 때 예저가 그를 협박하여 임금에게 바치려 하자 스스로 왕을 찾아와 벼슬은 본의가 아니고 머물게 하여 보내지 않으려 하냐고 말하지만 위평의 간언으로 왕은 현부에게 일의 대소를 막론하고 모두 그에게 물어본 뒤에 행하고 현부에게 그대는 신명의 후손이며 더구나 길흉에도 밝은데, 왜 일찍이 몸을 보호하지 못하고 예저의 술책에 빠져 과인의 얻은 바가 되었냐고 묻자 밝은 눈에도 보이지 않는 것이 있고 지혜

도 미치지 못하는 곳이 있기 때문이고 자손 중에도 사람들에게
붙잡혀 삶아 먹힌 자도 있다고 한다.

　작자는 주인공 현부(玄夫 거북)를 의인화하여 앞일의 길흉을
점칠 수 있는 자도 어부의 꾀에 빠져 사로잡히기도 하고, 사람들
에게 잡혀 삶아 먹히기도 하니 어진 사람의 행실로 현명하게 살
아야 하고 자신의 능력을 과신하지 말라는 교훈을 준다.

　주인공 현부(玄夫 거북)의 선조는 신인(神人)이며 바다 가운데 있는 산을 지탱하였다. 자손 대에 이르러 형체가 작아지고 힘도 사라져 점을 치는 직업을 갖는다. 그의 먼 조상인 문갑(文甲)은 요(堯)시대에 이상한 그림을 임금에게 바쳐 낙수후(洛水侯)로 봉함을 받고, 대대로 국가에 공적이 있다. 현부는 성품이 무(武)를 숭상해 항상 갑옷을 입고 다녔다. 임금이 그 이름을 듣고 초빙하였으나 진흙 속에 노닐어 재미가 무궁한데 상자 속에 담기어 받는 총영(寵榮)을 내가 어찌 바랄쏘냐 하고 대답도 하지 않아 그를 불러들이지 못한다.

　그 뒤 송(宋)나라 원왕(元王) 때 예저가 그를 강제로 협박하여 임금에게 바치려 하자 스스로 왕을 찾아와 벼슬은 나의 본의가 아니고 나를 머물게 하여 보내지 않으려 하냐고 말하자 왕은 놓아 주려 하지만 위평의 간언으로 나라의 시설하는 일, 인사 문제, 그리고 기거동작, 흥망에 대하여 일의 내소를 막론하고 모두 그에게 물어본 뒤에 행한다.

　어느 날 왕이 현부에게 그대는 신명의 후손이며 더구나 길흉에도 밝은데, 왜 일찍이 몸을 보호하지 못하고 예저의 술책에 빠져 과인의 얻은 바가 되었냐고 묻자 밝은 눈에도 보이지 않는 것이 있고 지혜도 미치지 못하는 곳이 있기 때문이고 자손 중에도 사람들에게 붙잡혀 삶아 먹힌 자도 있다고 현부가 아뢰자 왕이 웃는다.

핵심정리

갈래: 가전체

연대: 고려 말엽

구성: 전기적

제재: 거북이

주제: 언행과 처세를 신중히 하라는 교훈

출전: 동국이상국집

청강사자 현부전

현부는 어떠한 사람인지 알 수 없다. 어떤 이는 말하기를,

"그 선조는 신인(神人)이었다. 형제가 열다섯 명인데 모두 체구가 크고 굉장한 힘이 있었다. 천제(天帝)께서 명(命)하여 바다 가운데 있는 다섯 산을 붙잡게 했던 자가 바로 이들이었다."

라고 한다. 자손에게 이르러서는 모양이 차츰 작아지고 또한 소문이 날 정도로 힘이 센 자도 없었으며, 오직 복서(卜筮 : 점치는 것)를 직업으로 삼았다. 터가 좋고 나쁨을 보아서 일정한 장소에 살지 않았기 때문에 그의 향리(鄕里)나 세계(世系)를 자세히 알 수 없다.

먼 조상은 문갑(文甲)인데 요의 시대에 낙수(洛水) 가에 숨어 살았다. 임금이 그가 어질다는 소문을 듣고 백벽을 가지고 그를 초빙하였다. 문갑이 기이한 그림을 지고 와서 바치므로 임금이 그를 가상히 여기어 낙수후에 봉하였다. 증조는 상제의 사자라고만 말할 뿐, 이름은 밝히지 않는데, 바로 홍범구주(洪範九疇)를 지고 와서 백우에게 주던 자이다. 할아버지는 백약으로 하후 시대에 곤오에서 솥을 주조하였는데 옹난을(翁難乙)과 함께 힘을 다하여 공을 세웠고, 아버지는 중광(重光)인데 나면서부터 왼쪽 옆구리에 '달의 아들 중광인데 나를 얻는 사람은 서민은 제후가 될 것이고, 제후는 제왕이 될 것이다.' 는 글이 있었으므로 그 글에 따라서 중광이라 이름한 것이다.

현부는 더욱 침착하고 국량이 깊었다. 그의 어머니가 요광성이 품에 들어오는 꿈을 꾸고 아기를 뱄다. 막 낳았을 때 관상쟁이가 보고 말하기를,

"등은 산과 같고 무늬는 벌여 놓은 성좌를 이루었으니 반드시 신성할 상이다."

하였다. 장성하자 역상을 깊이 연구하여 천지, 일월, 음양, 한서(寒暑), 풍우, 회명(晦明), 재상(災祥), 화복(禍福)의 변화에 대한 것을 미리 다 알아내었다. 또 신선과 같이 대기를 운행하고 공기를 호흡하여 죽지 않는 방법을 배웠다. 천성이 무를 숭상하므로 언제나 갑옷을 입고 다녔다.

임금이 그의 명성을 듣고 사신을 시켜 초빙하였으나 현부는 거만스럽게 돌아보지도 않고 곧 노래를 부르기를,

"진흙 속에 노니는 그 재미가 무궁한데, 상자 속에서 받는 총영(寵榮)을 내가 어찌 바랄쏘냐?"

하고 웃으며 대답도 하지 않았다. 이로 말미암아 그를 불러들이지 못했는데, 그 뒤 송 원왕 때 예저가 그를 강제로 협박하여 임금에게 바치려 하였다.

그런데 그가 아직 왕을 뵙기 전에, 왕의 꿈에 어떤 사

람이 검은 옷차림으로 수레를 타고 와서 아뢰기를, '나는 청강사자인데 왕을 뵈려 합니다.' 하였는데 이튿날 과연 예저가 현부를 데리고 와서 뵈었다. 왕은 크게 기뻐하여 그에게 벼슬을 주려 하니 현부는 아뢰기를,

"신이 예저에게 강압을 당하였고, 또한 왕께서 덕이 있다는 말을 들었으므로 와서 뵙게 되었을 뿐이요, 벼슬은 나의 본의가 아닙니다. 왕께서는 어찌 나를 머물게 두고 보내지 않으려 하십니까?"

하였다. 왕이 그를 놓아 보내려 하였으나 위평의 은밀한 간언으로 인하여 곧 중지하고 그를 수형승에 임명하였다. 또 옮겨 도수사자를 제수하였다가 곧 발탁하여 대사령을 삼고, 나라의 시설하는 일, 인사 문제, 그리고 기거동작, 흥망에 대하여 일의 대소를 막론하고 모두 그에게 물어본 뒤에 행하였다.

왕이 어느 날 농담하기를,

"그대는 신명의 후손이며 더구나 길흉에도 밝은 자인데, 왜 일찍이 몸을 보호하지 못하고 예저의 술책에 빠져서 과인의 얻은 바가 되었는가?"

하니 현부가 아뢰기를,

"밝은 눈에도 보이지 않는 것이 있고, 지혜도 미치지
못하는 곳이 있기 때문입니다."

라고 아뢰니 왕이 크게 웃었다.

 그 후 그의 종말을 아는 사
람이 없다. 지금도 진신(搢
神)들 사이에는 그의 덕을
사모하여 황금으로 그의 모
양을 주조해서 차는 사람
이 있다.

현부의 맏아들 원서는 사람에게 삶기게 되어 죽음에
임하여 탄식하기를,

"택일을 하지 않고 다니다가 오늘날 삶김을 당하는구
나. 그러나 남산에 있는 나무를 다 태워도 나를 문드러
지게는 못할 것이다."

하였으니 그는 이처럼 강개하였다. 둘째 아들은 원저
라 하는데 오와 월 사이를 방랑하면서 자호를 통현 선생
이라 하였다. 그 다음 아들은 역사책에 그 이름이 전하

지 않는데 모양이 극히 작으므로 점은 치지 못하고 오직 나무에나 올라가서 매미를 잡고는 하더니, 또한 사람에게 삶기게 되었다.

그의 족속에는 혹 도를 얻어 천 년에 이르도록 죽지 않는 자가 있는데, 그가 있는 곳에는 푸른 구름이 덮여 있었다. 혹은 관리 속에 묻혀 살기도 하는데 세상에서는 그를 현의독우(玄衣督郵)라 칭했다.

사신은 이렇게 평한다.

"지극히 은미한 상태에서 미리 살피고 징조가 나타나기 이전에 예방하는 것은 성인이라도 어그러짐이 있는 법이다. 현부 같은 지혜로도 능히 예저의 술책을 막지 못하고 또 두 아들이 삶겨 죽는 것을 구제하지 못하였는데, 하물며 다른 이들이야 더 말할 것이 있겠는가!

옛적에 공자는 광(匡) 땅에서 고난을 겪었고 또 제자인 자로가 죽어서 젓으로 담겨지는 일을 면하지 못하게 하였으니 아, 삼가지 않을 수 있겠는가?"

패관문학(稗官文學)

고려 시대에 이르러 민전에 구전되어 오던 전승 설화가 많이 문헌에
채록되었다. 이렇게 채록되는 과정에서 채록자의 창의가 가미되어
윤색된 것을 패관 문학이라고 하였다. 패관이란 한나라의 관직명으로,
정치에 참고하기 위해, 거리에 떠돌던 이야기를 수집하던
벼슬아치를 말한다. 패관 문학은 소설의 전신으로서
소설 발달에 많은 영향을 주었다. 대부분 이야기는 민담의 영역에 속한다.
신화와 전설에서 분리된 민담은 구전되면서 창의성이 덧붙여져
문학성을 갖추며, 한문학의 발달에 힘입어 조선조에 이르기까지
활발하게 꽃을 피우게 된다. 패관 문학은 고려 고종 때를 중심으로
발달하며, 훈민정음이 창제 된 후에도 잡기, 시화 등이 꾸준히 등장하였다.

차마설

이곡

차마설

　이 글은 수필이다. 수필의 소재는 일상생활에서 겪는 체험과 사색이다. '소유욕'은 동서고금을 막론하고 인간의 보편적 속성이므로 인간의 삶에서 가장 해결하기 힘든 문제 중 하나다. 그러나 지은이는 말을 빌려 탄 경험으로 그에 대한 심리 변화를 치밀하게 분석하고, 나아가 인간의 소유 문제와 이에 따른 깨달음을 내용으로 하고 있다. 결국 인간이 가지고 있는 모든 것은 누구에게서 잠시 빌린 것인데 사람들이 그것을 깨닫지 못하므로, 글쓴이는 이러한 우매함을 경계하는 글로 인간의 소유욕에 대해 이야기하는 것이다. 이 글의 화자를 '사람들'이라고 바꾸어 보면, 작자의 의도를 쉽게 파악할 수 있다.

작품 줄거리

　지은이는 자신의 집이 가난해서 여러 종류의 말을 빌려 탔는데, 말의 종류나 지나가는 길의 상황에 따라 마음이 수시로 변하여 항상 같은 마음을 갖기 어렵다는 것을 한탄한다. 아울러 말을 빌린 것을 통해, 이 세상 모든 것이 빌린 것일 뿐인데 빌린 지가 오래되어 마치 자기 것으로 착각하고 있음을 깨닫고 개탄한다.

핵심정리

갈래: 한문 수필

연대: 고려 중엽

구성: 계세적

제재: 말(馬)

주제: 소유에 대한 관념(무소유)을 반성

출전: 가정집

차마설

나는 집이 가난해서 말이 없다. 그런데 간혹 빌려서 탈 때, 몸이 여위고 둔하여 걸음이 느린 말이면 비록 급한 일이 있어도 감히 채찍질을 하지 못하고 조심조심하여 곧 넘어질 것같이 여기다가도, 개울이나 구렁이 나오면 내려서 걸어가므로 후회하였다. 그러나 발이 높고 귀가 날카로운 준마로 골짜기가 평지처럼 보여 심히 장하고 통쾌했다. 어떤 때는 위태로워서 떨어질까 염려스러웠다.

아! 사람의 마음이 바뀌고 또 바뀌는 것이 이와 같을까? 남의 물건을 빌려서 하루아침 쓰는 것에 대비하는

것도 이와 같은데, 자기가 가지고 있는 것은 어떠하겠는
가.

그러나 사람이 가지고 있는 것은 어느 것 하나 빌리지
않은 것이 없다. 임금은 백성에게 힘을 빌려서 높고 부
귀한 자리를 가졌고, 신하는 임금에게 권세를 빌려 은총
을 누리며, 아들은 아버지에게, 아내는 남편에게, 비복

(婢僕, 계집종과 사내종을 이르는 말)은 상전에게 힘과 권세를 빌려서 가지고 있다.

빌린 것이 많지만 대개는 자기 소유로 하고 끝내 반성할 줄 모르니, 어찌 미혹(迷惑)한 일이 아니겠는가?

그러다가도 잠깐 사이에 빌린 것이 제자리로 돌아가면, 만방(萬邦)의 임금도 외톨이가 되고, 백 대의 수레를 가졌던 집도 외로운 신하가 되는데, 하물며 그보다 더 미약한 자야 말할 것이 있겠는가?

맹자가 말하기를,

남의 것을 오랫동안 빌려 쓰면서 돌려주지 않으면, 어찌 그것이 자기의 것이 아닌 줄 알겠는가?'

하였다.

내가 여기에 느낀 바가 있어서 차마설을 지어 그 뜻을 넓히노라.

이옥설

이규보

이옥설

이 작품은 인간의 삶의 이치와 나라를 다스리는 경륜을 실생활의 체험을 예로 들어 깨우쳐 주는 한문 수필로, 짧은 내용 속에 함축적인 교훈을 내포하고 있다. 작은 잘못이라도 그것을 고치지 않으면 큰 문제로 비화하고, 더 큰 낭패를 볼 수 있다는 교훈을 준다. 이 작품에서 작자가 강조하는 바가 설득력을 갖는 것은 평범한 일상의 문제를 놓고 삶의 자세와 방법에까지 그 사상을 확대시켜 나간 점이다. 비 온 뒤에 퇴락한 행랑채를 수리하는 평범한 일상의 문제를 제시하여 그 과정에서 느낀 점을 인간의 삶의 이치와 나라를 다스리는 경륜으로 확대하여 해석하고 있다. 이 글은 예시의 효과를 최대한 발휘하고 있는 것이 특징이다.

행랑채가 퇴락하여 지탱할 수 없고 장마에 비가 새는 것을 알면서도 망설이다 손을 대지 못하다가 나머지 한 칸마저 비가 새자 서둘러 수리하려고 보니 서까래, 추녀, 기둥, 들보가 모두 썩어 못 쓰게 되었다, 한 번밖에 비를 맞지 않았던 한 칸의 재목들은 완전하여 다시 쓸 수 있었다. 이에 잘못을 알고 고치면 한 번밖에 비를 맞지 않았던 한 칸의 재목처럼 말끔하게 다시 쓸 수 있고 백성에게 해를 입히는 무리들을 내버려두었다가는 백성들이 도탄에 빠지고 나라도 위태롭게 된 후 바로잡으려면 이미 썩어버린 재목처럼 때가 늦는다.

핵심정리

갈래: 한문 수필

연대: 고려 중엽

구성: 설의적

제재: 행랑채(屋)

주제: 잘못을 알고 고치려는 자세의 중요성

출전: 동국이상국집

🏠 이옥설

행랑채가 낡아서 지탱할 수 없
게 된 것이 세 칸이었다. 나는 마
지못해 이를 모두 수리했다. 그
런데 그중 두 칸은 장마에 비가
샌 지 오래되었지만 나는 그것을
알면서도 이 궁리 저 궁리 끝에

손을 대지 못했던 것이고, 나머지 한 칸은 비를 한 번 맞
고 샜던 것이라 서둘러 기와를 갈았던 것이다. 이번에 수
리하려고 보니 비가 샌 지 오래된 것은 서까래, 추녀, 기
둥, 들보 모두 썩어서 못쓰게 되어 수리비가 엄청나게 들
었고, 비를 한 번밖에 맞지 않았던 한 칸의 재목들은 온
전하여 다시 쓸 수 있었기에 비용이 많이 들지 않았다.

나는 사람의 마음도 마찬가지라는 사실을 깨달았다. 잘못을 알고도 바로 고치지 않으면 곧 그 자신이 나쁘게 되는 것이 마치 나무가 썩어서 못쓰게 되는 것과 같으며, 잘못을 알고 고치기를 꺼리지 않으면 해를 받지 않고 다시 착한 사람이 될 수 있으니, 저 집의 재목처럼 말끔하게 다시 쓸 수 있는 것이다.

뿐만 아니라 나라의 정치도 이와 같다. 백성에게 해를 입히는 무리들을 내버려 두었다가는 백성들이 도탄에 빠지고 결국 나라도 위태롭게 된다. 그런 연후에 급히 바로잡으려 해도 이미 썩어 버린 재목처럼 때는 이미 늦는 것이다. 그러니 어찌 삼가지 않겠는가.

경설

이규보

경설

　이 작품은 작자의 주관적 처세관을 밝힌 것으로 현실에 대한 풍자적 의미를 내포하고 있다. 작품 전체가 하나의 커다란 비유적 의미와 상징성을 띠고 있어 그 해석이 어떤 사실의 기술처럼 명료하게 드러나지 않는다. 처세훈적 의미로 보면 거울의 본성은 깨끗하고 맑은 것이나 더러워지면 자연이 흐려진다는 현상적 원리를 제시하고 있는데, 거울의 본성이 그렇듯이 인간의 본성도 원래는 깨끗하다는 것을 전제로 하고 있다. 거사가 흐린 거울을 택한 것은 너무 맑고 결백해서 상대방의 흠이나 결함을 용서하지 못하는 인간관계에 대한 비판도 포함되어 있다. 이 글은 인간관계에서는 허물까지도 수용하는 자세가 필요함을 말하고 있는 것이다.

　여기에서 거울은 작자가 반려로 삼고자 하는 친구가 될 수도 있고 작자가 나아가고자 하는 세계, 또는 작자를 알고 인정해 주는 어떤 대상일 수도 있다. 또 전체 이야기의 맥락과 상관없이 거울은 인간의 본성과 영혼을 상징하는 것으로 해석할 수 있다. 누구나 사람의 본성은 맑고 깨끗하지만, 세상의 먼지와 티끌이 끼어 그 본성이 흐려진다는 의미로도 해석할 수 있다.

작품 줄거리

　얼굴이 잘생기고 예쁜 사람은 맑고 아른아른한 거울을 보고 기뻐하지만 얼굴이 못생긴 사람은 오히려 맑은 거울을 꺼린다. 얼굴이 못생긴 사람들은 거울 속에 비친 얼굴을 보기 싫어하고 그 거울을 깨뜨릴 것이다. 그러므로 차라리 먼지 끼어 흐려진 거울을 그대로 두는 것이 더 낫다. 먼지로 흐려진 것은 거울의 표면뿐이지 거울의 맑은 바탕은 속에 그대로 남아 있다. 만일 잘생기고 예쁜 사람을 만난다면 그때 맑게 닦고 갈아도 늦지 않을 것이다.

핵심정리

갈래: 한문 수필

연대: 고려 중엽

구성: 비유적

제재: 거울

주제: 바람직한 의식의 현실 풍자

출전: 동국이상국집

경설

어떤 거사(居士, 숨어 살며 벼슬을 하지 않는 선비)가 거울 하나를 갖고 있었는데 먼  지가 끼어서 흐릿한 것이 마치 구름에 가린 달빛과 같았다. 그러나 그는 아침저녁으로 이 거울을 들여다보며 얼굴을 가다듬곤 했다.

한 나그네가 거사를 보고 이렇게 물었다.

"거울이란 얼굴을 비추어 보는 물건이든지, 아니면 군자가 거울을 보고 그 맑은 것을 취하는 것으로 알고 있는데, 지금 거사의 거울은 안개가 낀 것처럼 희뿌옇고 때가 묻어 있습니다. 그런데도 당신은 항상 그 거울에 얼굴을 비춰 보고 있습니다. 그것은 무슨 뜻입니까?"

거사가 대답했다.

"얼굴이 잘생기고 예쁜 사람은 맑고 아른아른한 거울을 좋아하겠지만, 얼굴이 못생긴 사람은 오히려 맑은 거울을 싫어할 것입니다. 그러나 잘생긴 사람은 적고, 못생긴 사람은 많기 때문에 만일 맑은 거울 속에 비친 추한 얼굴을 보기 싫어할 것인즉 흐려진 그대로 두는 것이 나을 것입니다. 깨 버릴 바에야 차라리 그대로 두는 것이 나을 것입니다. 먼지로 흐리게 된 것은 겉뿐이지 거울의 맑은 바탕은 속에 그냥 남아 있습니다. 만일 잘생기고 예쁜 사람을 만난 뒤에 닦고 갈아도 늦지 않습니다. 그런데 그대는 어찌 나를 이상하게 생각합니까?"

나그네는 아무 대답이 없었다.

슬견설

이규보

슬견설

이 글은 이나 개의 죽음을 어떻게 볼 것인가를 놓고 손님과 논쟁을 벌인 이야기를 기록한 것이다. '손님'과 '나' 사이에 견해 차이가 생기는 것은 사고의 기본 전제가 다르기 때문이다. '손님'은 큰 동물의 죽음을 불쌍하다고 보지만, '나'의 생각은 이와 다르다. '큰 동물이든 작은 생물이든 생명을 가진 것의 죽음은 불쌍하다.'는 것이 나의 생각이다. 작자가 손님과 독자에게 주는 교훈은 사물은 크기에 관계없이 근본적인 속성은 동일하다는 것이다. 더 나아가 선입견이나 편견을 버리고 사물의 본질을 올바로 보는 안목을 갖추라고 말한다. 이러한 인식에 도달했을 때 '달팽이의 뿔을 쇠뿔과 같이 보고, 메추리를 대붕과 동일시'할 수 있다는 것이다.

집에 손님이 찾아와 어떤 불량배가 몽둥이로 개를 때려죽이
는 것을 보고 가슴이 아팠다고 하며 다시는 고기를 먹지 않겠다
고 맹세한다. 이에 나는 지난번에 어떤 사람이 이(蝨)를 잡아 화
로에 태우는 것을 보고 가슴이 아파 다시는 이를 잡지 않기로 맹
세하였다 하고, 개와 이가 비록 크기는 다르나 같은 생명체이고
달팽이의 뿔을 소의 뿔과 같이 보고 메추리를 대붕(鵬)으로 보라
고 한다.

핵심정리

갈래: 한문 수필

연대: 고려 중엽

구성: 교훈적

제재: 개(犬), 이(蝨)

주제: 선입견을 버리고 본질을 제대로 파악하라는 교훈

출전: 동국이상국집

🐕 슬견설

손님이 와서 나에게 말했다.

"어제 저녁 한 사내가 큰 몽둥이로 돌아다니는 개를 쳐서 죽이는 것을 보았는데, 보기에도 너무 애처로워 마음 아팠습니다. 이제부터는 개나 돼지의 고기를 먹지 않기로 했습니다."

나는 그 말에 응하여 대답했다.

"지난번에 어떤 사람이 불이 이글이글 타는 화로를 끼고 앉아서, 이를 잡아 그 불 속에 넣어 태워 죽이는 것을 보고, 저는 마음이 아팠습니다. 그때부터 다시는 이를 잡지 않기로 맹세했지요."

손님은 멍해지더니 말했다.

"이(蝨)는 미물입니다. 나는 큰 것의 죽음을 보고, 애처로워서 한 말인데, 당신은 고작 이런 하찮은 것으로 맞대는구려. 나를 놀리는 것이오?"

내가 말했다.

"무릇 피와 기운이 있는 것이라면 사람은 물론 소·말·돼지·양 같은 동물이나, 땅강아지·개미에 이르기까지 살기를 원하고 죽기를 싫어하는 마음은 모두 같습니다. 어찌 큰 놈은 죽기를 싫어하는데, 작은 놈은 좋아하겠습니까?

그런즉 개와 이의 죽음은 매한가지입니다. 그래서 예를 들어서 맞대어 본 것이지요. 어찌 그런 이유로 서로 기만하겠소이까?

그대가 믿지 못하겠다면, 그대의 열 손가락을 깨물어 보시오. 엄지손가락만 아프고 나머지 손가락은 아프지 않을까요?

한몸에 붙어 있는 크고 작은 것 할 것 없이 가지와 마디에 골고루 피와 살이 있으므로, 그 아픔은 같습니다.

하물며 각기 기운과 숨을 받은 것인데, 어찌 저것은 죽

음을 싫어하고 이것은 좋아할 수 있겠습니까?

그대가 물러나거든, 눈감고 조용히 생각해 보십시오. 달팽이의 뿔을 쇠뿔로 보고, 메추라기를 대붕(大鵬, 하루에 구만 리를 날아간다는, 아주 큰 상상의 새)으로 나란히 여겨 보십시오.

그런 다음에 나는 비로소 당신과 함께 도(道)를 이야기하겠습니다."

어느 날 순이 임금 앞에 나아가게 되었다.

본래 순의 입에서는 냄새가 났다. 임금이 이것을 싫어해서 그에게 말했다.

"이제 경은 이미 늙어서 내 앞에서 일을 하지 못하겠는가?"

순은 말을 알아듣고 관을 벗고 사죄했다.

"신이 작을 받고도 사양하지 않으면 끝내는 몸을 망칠 염려가 있사옵니다.

바라옵건대 신을 사제에 돌아가게 해 주시면,

신은 그것으로 제 분수를 알겠나이다."

임금은 좌우 신하들에게 명하여 순을 집으로 돌려보냈다.

그러나 집에 돌아온 순은 갑자기 병이 들어 죽고 말았다.

– 『국순전』 중에서 –